MARIA MEYER
GLASKIRSCHENZEIT

MARIA MEYER

GLASKIRSCHENZEIT

Kindheit nach dem Kriege

Bibliografische Information der Deutschen Nationalbibliothek:
Die Deutsche Nationalbibliothek verzeichnet diese Publikation in der
Deutschen Nationalbibliografie; detaillierte bibliografische Daten sind im
Internet über http://dnb.dnb.de abrufbar.

1. Auflage
© 2024 Maria Meyer
Lektorat: Andreas Meyer / www.romalektorat.de
Satz und Layout: Andreas Meyer
Korrektorat: Elisa Garrett / www.lektorat-garrett.de
Umschlaggestaltung: EMA

Herstellung und Verlag: BoD – Books on Demand, Norderstedt

ISBN: 9783759723307

INHALTSVERZEICHNIS

VORWORT

Im Frühjahr 1961 kehrten meine Schulfreundin und ich in der einzigen Kneipe unseres 200-Seelen-Dorfes Warnstedt in Südoldenburg ein. Wir fuhren mit dem Wagen auf den staubigen Platz vor »Pint«, traten ein und verlangten vom Wirt zum Erstaunen aller anwesenden Männer ein Glas Sekt. Der Anlass: Ich hatte als erstes Mädchen nach dem Krieg aus unserem Dorf das Abitur geschafft. Dabei war der Weg dorthin für mich bestimmt nicht vorgezeichnet gewesen.

Ich kam als zweite von drei Töchtern des Landwirts Heinrich Rechtien am 18.12.1941 im Haus an der Hemmelter Straße in Warnstedt zur Welt. Als ich zweieinhalb Jahre alt war, wurde mein Vater eingezogen. Er fand sechs Wochen vor Kriegsende in Ungarn durch einen Granatensplitter den Tod. Ich habe keinerlei Erinnerung an meinen Vater. Ich kannte in der frühen Jugend nur das eintönige, freudlose, von Arbeit geprägte Alltagsleben unserer kleinen Familie auf dem Bauernhof. Eine Großmutter, die mich vielleicht einmal auf den Schoß genommen, mir vielleicht sogar Märchen erzählt hätte, gab es nicht. Bücher besaßen wir auch keine und so war das erste Buch, das ich in die Hände bekam, die abgegriffene Fibel meiner Schwester. Ich erinnere mich gut. Da war der Buchstabe »i« aufgedruckt, gleich auf der ersten Seite - darunter die Abbildung eines schreienden Jungen, der den Kopf unter das eiskalte Wasser einer Pumpe steckte.

Das gefiel mir gut und alle Anregungen, die der Hauptlehrer der einklassigen Schule anbot, besonders die biblischen Erzählungen im Religionsunterricht, sog ich fortan begierig auf und versuchte sie in Rollenspielen umzusetzen. Eine Junglehrerin erkannte mein Talent und so durfte ich im vierten Schuljahr das Stück »Kasperle und die Räuber« mit Mitschülerinnen vortragen. Eine Textgrundlage gab es nicht, die Handlung dachten wir uns spontan aus, der Ausgang war immer offen. Der Erfolg unseres kleinen Handpuppen-Theaterspiels war jedoch überwältigend und ich war sehr stolz auf unsere Leistung.

An mein erstes eigenes Buch erinnere ich noch sehr genau. Meine ältere Schwester Irmgard und ich bekamen zu Weihnachten je ein Kinderbuch aus dem Schneider-Verlag geschenkt: »Gisel und Ursel, die beiden Sportmädel«. Der Inhalt hatte mit unserem Alltag nichts zu tun, denn Gisel und Ursel lebten in Hamburg und nahmen an einem Kanuwettbewerb teil. Aber gerade die Distanz zur eigenen Erlebniswelt machte den Reiz aus, es war wie ein Schritt in eine neue abenteuerliche Welt. Von da an las ich alles, was ich in die Hände bekam. Jeden Tag verfolgte ich außerdem heimlich den Fortsetzungsroman in der Zeitung.

Eines Tages entdeckte ich einen großen Fundus: Meine Tante verwahrte unter ihrem Bett einen Karton mit Romanen, den ihr ihre Schwester geschickt hatte. Besonders beeindruckte mich Daniel Defoes »Robinson Crusoe« – wegen der Menschenfresser – und der Roman »Die Mutter« von Pearl S. Buck, in dem es unter anderem auch um eine Abtreibung ging. Ich habe das Buch mehrfach gelesen und nicht verstanden. Aber die freudlose und traurige Grundstimmung kam mir bekannt vor. Fazit und Trost für eine Zehnjährige: Schuldgefühle und Trauer bestimmen auch andere Menschen auf der Welt.

Auf die Empfehlung der Junglehrerin hin, entschloss sich meine Mutter, mich nach der Grundschulzeit auf die Liebfrauenschule in die Stadt Cloppenburg schicken. Dafür war und bin ich ihr ein Leben lang dankbar. Jetzt hatte ich endlich Zugang zur Katholischen Stadtbücherei. Ich erinnere mich besonders an die »Trotzkopf«- und »Pucki«-Bücher sowie an die Nibelungensage. Ich las in der Schule unter der Bank und später am

Abend daheim, wenn alle im Bett waren und ich noch »Aufgaben« zu erledigen hatte.

Dazu zählten jahrelang auch Tagebucheinträge. Die Kladde war mein fiktiver Gesprächspartner. Er half mir, das Leben zu strukturieren und unausgesprochenen Empfindungen und Gefühlen Gestalt zu geben. Als ich merkte, dass auch die Tante in meinem Tagebuch las, verfasste ich alles auf Englisch, so gut es eben ging. Als ich dann, Jahre später, zum Studium an der pädagogischen Hochschule in Vechta ging, konnte ich endlich alle Bücher von Pearl S. Buck ausleihen und auch Hermann Hesse gefiel mir sehr.

Nach der Hochschule war der Einstieg in die berufliche Praxis an einer Volksschule in Barßel im hohen Norden eine harte Zäsur – das Schuldkind dort abzuholen, wo es gerade stand, blieb aber mein hochgestecktes Ziel. Dieses Ziel war auch richtungsführend, als ich 1966 meinen langjährigen Jugendfreund heiratete, mit ihm nach Recklinghausen in das Ruhrgebiet zog und dort an einer Hauptschule in einer Bergmannssiedlung unterrichtete. Bald aber galt es, zwischen Berufstätigkeit und der Familie mit zwei Söhnen die Kräfte einzuteilen. Während des zweiten Mutterschaftsurlaubs ergriff mich das Heimweh und die Sehnsucht nach der Natur so fundamental, dass mein Mann und ich uns entschlossen, nach Niedersachen zurückzukehren und in Damme, sechsunddreißig Kilometer von Warnstedt entfernt, zu bauen.

Dort war ich zunächst als Lehrerin tätig, dann als Fachseminarleiterin und zuletzt als Schulleiterin der Grundschule in Neuenkirchen. Die Leseförderung in allen Unterrichtsfächern voranzubringen, war immer einer meiner Schwerpunkte. Nebenbei engagierte ich mich in der Pfarrgemeinde, in Schulelternräten und im Sportverein. Nach meiner Pensionierung schob ich das Leseprojekt »Lesen von Anfang an« an, übernahm die Leitung der Krankenhausbücherei und richtete dazu noch eine Zweigstelle in einem Altenheim ein, weil das Lesen und das Hören von Hörbüchern im Alter ein großer Trost in der Einsamkeit sein kann. Die vielen Aktivitäten forderten schließlich ihren Tribut in einem Burnout im Jahr 2007.

Bücher und Erzählungen aber haben mich mein Leben lang begleitet und ich erinnere mich gern zurück:

»Erzähl mal wieder von früher! Das hast du schon so lange nicht gemacht!«, meinte mal ein Schüler in meiner aktiven Dienstzeit, als ihm beim Üben langweilig war. Und ein anderer, der wissen wollte, wie ich mich zu Karneval verkleidete, riet mir: »Geh doch als Buch. Du liebst doch Bücher über alles!« Ja, das stimmt hundertprozentig. Bücher sind meine Freunde.

Diese Äußerungen haben sich in meinem Kopf festgesetzt und so entstanden nach der Pensionierung meine ersten eigenen Bücher. Aber ich selbst habe das Gefühl, nur an der Oberfläche gekratzt zu haben: Ich musste noch tiefer graben, um einen wirklichen Schlussstrich unter meine Kindheit zu ziehen.

Seitdem schreibe und schreibe ich immer weiter. Mein lieber Mann bekocht mich und ich sitze am PC, denke nach, schaue in den Garten, schreibe auch Gedichte, überarbeite sie, schreibe sie neu auf und eine große innere Ruhe breitet sich in mir aus …

WURZELN

»Vom Vater hab ich die Statur, des Lebens ernstes Führen ...« (Johann Wolfgang von Goethe)

Das ist ein viel zitierter Spruch. Aber wer bin ich wirklich? Welchen Werdegang hatte ich? Welche Entwicklung habe ich genommen und was hat mich das Leben gelehrt? Besonders die frühe Kindheit.

Diese zentralen Fragen habe ich mir oft im Leben, besonders in Krisenzeiten oder an der Schwelle eines neuen Lebensabschnittes, gestellt, zum Beispiel beim Eintritt ins Berufsleben als Junglehrerin in Barßel oder später bei der Übernahme einer Schulleiterstelle – ausgerechnet in dem Ort, in dem Mutter aufgewachsen war, in Neuenkirchen, Oldenburg. Viele Namen der ansässigen Bauern kannte ich von Mutters Erzählungen, denn sie und Tante Agnes, die bei der Heirat mit Vater und Mutter auf den Pachthof gekommen war, unterhielten sich gerne darüber.

Die Statur – mit über einem Meter achtzig – habe ich auf jeden Fall von Vater geerbt. Auf dem Hochzeitsbild, das in unserem Wohnzimmer hängt, überragt er Mutter um Kopfeslänge. Vater war ein sehr großer, stämmiger, gut aussehender Mann, über zwei Meter groß. Er wurde, so könnte man sagen, seinem Nachnamen Rechtien gerecht – in Kirchenbüchern auch als »Rektien« erfasst, das bedeutet ursprünglich »der Sohn des Aufrechten«.

Mutter war auch nicht klein, aber sie reichte ihm nur bis an die Schultern. Die Briefe, die Vater als Soldat bis zu seinem »Heldentod« (so die Todesnachricht vom März 1945) an Mutter schrieb, drehten sich immer um dieselben Fragen:

»Wie kommt ihr mit Vieh und dem gepachteten Hof zurecht? Wie geht es meinen drei kleinen Kindern?«

Meine ältere Schwester Irmgard war damals fünf, ich dreieinhalb und meine Schwester Hedwig zwei Jahre alt.

Ich habe Mutter oft gefragt, wie sie Vater kennengelernt hat. Darauf wollte sie nie eine Antwort geben, wohl aber auf die Frage, wie die beiden zu dem zwölf Hektar großen Pachthof in Warnstedt, dem 200-Seelen-Dorf im Kreis Cloppenburg in Südoldenburg, gekommen waren. All meine Verwandten stammen nämlich aus Holdorf oder Neuenkirchen, zwei Dörfer, die dreißig Kilometer weiter südlich lagen, was damals noch eine große Distanz war. So bekamen wir als Kinder wegen der ungünstigen Verkehrsverbindungen höchstens zweimal im Jahr Besuch – von Josef, dem Bruder meines Vaters, und seiner Frau, die sich dann vorher durch eine Postkarte angekündigt hatten.

Vater war bis zu seiner Heirat als Gehilfe auf dem elterlichen Hof tätig gewesen. Ich freute mich immer auf den Besuch der Rechtiens, schon allein wegen der Tafel Schokolade, die als Mitbringsel üblich war. Nicht eine ganze Tafel für jede von uns, nein. Eine ganze Tafel Schokolade, die wir durch drei teilen mussten. Das ergab genau zwei Riegel für jedes Mädchen und ein kaputtes Stückchen dazu. Um dieses Stückchen zankten Irmgard und ich oder überließen es »großzügig« Hedwig. Den Kontakt zu meinem Onkel Josef, der meinem Vater sehr ähnlich sah, hielt Mutter ein Leben lang aufrecht. Bei den Besuchen auf seinem Hof staunte ich immer über die neuen landwirtschaftlichen Maschinen, die er gerade angeschafft hatte, oder über die fürstliche Bewirtung.

Wir waren wohl die armen Verwandten, so habe ich das immer empfunden. Mutter konnte bei den Gegenbesuchen, die ich dann als eine Art Kontrolle empfand, weil das Vieh und die Beschaffenheit des Ackers begutachtet wurden, nichts Gleichwertiges dagegensetzen, da sie nur von der Hand in den Mund lebte und ständig um den Erhalt des Pachthofes kämpfen musste. Das einzige Alleinstellungsmerkmal, das sie vorweisen konnte, war mein Besuch der »Höheren Schule«. Niemand aus der Verwandtschaft besuchte damals das Gymnasium. Dann wurde ich für einen Moment aufgewertet und Mutter war stolz auf mich. Aus mir sollte schließlich etwas werden. Ich sollte nicht in der Landwirtschaft bleiben, sondern später studieren. So der Plan.

Mutter war eine geborene Weglage und stammte aus einfachen Verhältnissen, auch aus einer kinderreichen Familie mit fünf Schwestern und drei Brüdern. Sie hatte seit ihrer Schulentlassung mit vierzehn Jahren bei einem größeren Bauern in Neuenkirchen als Magd gearbeitet. Davon erzählte sie gern und die Bäuerin dort war für sie so etwas wie ein Mutterersatz gewesen. Nach sieben Jahren kam auch ihre jüngste Schwester Agnes an den Hof, weil sie zu Hause nicht mehr bleiben konnte. Der ältere Bruder hatte schon geheiratet. Das Verhältnis von Agnes zu ihrem Bruder und der Schwägerin habe ich immer als angespannt empfunden. Sie erschienen aber zu meiner Erstkommunion und schenkten mir ein Handarbeitskörbchen. Daran kann ich mich noch genau erinnern. Das war damals ein ganz tolles Geschenk, obwohl ich mich im dritten und vierten Schuljahr beim Häkeln und Stricken nicht besonders geschickt angestellt hatte, ich war eher verkopft und bei der Handarbeit etwas linkisch. Unsere Handarbeitslehrerin Frau Dobbelmann reagierte im vierten Schuljahr sehr verwundert, als sie erfuhr, dass ich für das Gymnasium angemeldet war.

»Was? Du, Maria? Wenn das man klappt! Du kannst ja nicht mal 'ne Schere richtig anreichen!«Diesen Satz verbinde ich immer mit Frau Dobbelmann. Ich hatte ihr einmal, als sie mich darum bat, eine Schere mit der Spitze nach vorne

Irmgard und Maria Rechtien, Erstkommunion 1950

angereicht. Mutter meint nur dazu:

»Aus Schaden wird man klug.«

Da Vater und Mutter beide abgängige Kinder waren, also kein Anrecht auf ein Erbteil hatten, machten sie sich im Frühjahr 1937 nach der Verlobung auf den Weg, um einen geeigneten Pachthof ausfindig zu machen.

AUF DER SUCHE

Tante Lisbeth, Mutters älteste Schwester, die in Münster bei einem Arzt in Stellung war, unterhielt einen regen brieflichen Austausch mit ihren jüngeren Schwestern, besonders mit Mutter und Tante Agnes und später auch mit uns. Ich habe Tante Lisbeth von klein an als das Oberhaupt der Familie angesehen. Es ist anzunehmen, dass sie bei Mutters Heirat eine wichtige Rolle gespielt hat. Sicher hatte sie Mutter auch nach Einzelheiten über den Pachthof befragt. Mutters Antwort hätte wie folgt lauten können:

Liebe Schwester Elisabeth, Neuenkirchen, den 24. September 1938

Es ist Sonntagnachmittag und da habe ich eine Stunde Zeit, auf Deinen Brief zu antworten, bevor Agnes und ich mit dem Rad zur Andacht fahren. Ja, es ist wahr, dass Hinnerk – ich nenne ihn immer Hinnerk – und ich einen Pachthof gefunden haben. Dafür sind wir unserem Herrgott sehr dankbar.

Verlobung Maria Weglage und Heinrich Rechtien, 1938

Aber Du fragst auch, wie das Ganze abgelaufen ist. In einer Stadt wie Münster wäre das sicher über eine Zeitungsannonce gelaufen. Da muss ich Dir recht geben. Du bist ja jetzt schon 15 Jahre bei Dr. Nünning in Ste'lung und kannst Dich in das Leben auf dem Lande nicht mehr hineinversetzen.

Also, das lief so: Hinnerk und ich sind jetzt im Sommer fast jeden Sonntag nach dem Hochamt und dem Mittagessen mit dem Rad los und haben uns in der Umgebung von Neuenkirchen und Holdorf Höfe angesehen und uns durchgefragt.

Das war für mich eine wunderbare Zeit, frei von der Arbeit. An diesem Tag brauchten wir keine Schweine zu füttern oder zu melken. Das übernahm für mich Agnes und für Hinnerk sein Bruder Job.

Liebe Lisbeth, was ich Dir jetzt schreibe, braucht keiner sonst zu wissen, aber ich habe Hinnerk so noch viel besser kennengelernt. Wir hatten ja so wenig Gelegenheit, allein miteinander zu sprechen. Ich habe Dich vor der Verlobung ja auch gefragt, was Du von Hinnerk hältst. Du hast mir geantwortet, dass ich mein Herz fragen muss und so habe ich ja zu seinem Antrag gesagt. Jetzt weiß ich es, er liebt mich wirklich. Unterwegs war er immer so rücksichtsvoll, interessierte sich für alles, was ich sagte. Wir hatten auch die gleichen Vorstellungen, was den Pachthof betrifft: mindestens zehn Hektar in einer katholischen Gegend. Die Lutherschen lehnt er auch ab. Und so komme ich zum Wichtigsten: In Warnstedt wurden wir fündig. Das liegt in der Nähe von Cloppenburg. Und so ist das abgelaufen:

Wir waren bei einem größeren Hof an der Straße nach Hemmelte eingekehrt. Die Leute heißen Möller und sind sehr gastfreundlich. Wir sollten mit Kaffee trinken und erfuhren, dass der Nachbarhof zu verpachten ist. Den Verpächter Borchers haben wir dann sofort aufgesucht und uns dort vorgestellt. Zum Pachthof gehören zwölf Hektar und er ist auf fünfzehn Jahre zu verpachten.

Wir müssen wohl einen guten Eindruck auf Borchers gemacht haben, denn sie wollten den Hof sofort an uns abgeben. Ich glaube, das lag auch viel an Hinnerk, wie er aufgetreten ist. Er ist ja so ein stattlicher großer Mann (und sieht auch noch gut aus). Hinnerk hat ruhig und sachlich über unsere Tätigkeiten und Erfahrungen in der Landwirtschaft gesprochen und Borchers sicher davon überzeugt, dass er einen Hof führen kann. Ich glaube, ich habe auch einen guten Eindruck hinterlassen, in dem geblümten, hellblauen Sommerkleid, das Du mir zum Geburtstag geschenkt hast und das immerhin aus Münster kommt. Die Frau hat sich für meine Tätigkeit bei Eschers in Neuenkirchen auf dem Hof interessiert. Irgendwie hatte sie auch Beziehungen dorthin. Sie war mir persönlich nicht so sympathisch, aber mit ihr muss ich ja auch nicht zusammenleben. Hinnerk hat um zwei Wochen Bedenkzeit gebeten. Das fand ich anständig, denn wir beide mussten uns ja auch noch besprechen, obwohl der Augenkontakt dafür gesprochen hat, diese Herausforderung anzunehmen.

So, jetzt muss ich aber Schluss machen. Ich schreibe dir wieder, sobald ich mehr weiß. Agnes wartet schon. Sei herzlich gegrüßt von Deiner Schwester Maria.

Das Leben nahm seinen Lauf.

Meine Eltern heirateten am 19. April 1939 (einen Tag vor Hitlers Geburtstag), bekamen auf dem Standesamt Hitlers »Mein Kampf« übereicht, ein Pamphlet, das nie jemand gelesen hat. Es wurde 1945 verbrannt, so erzählte Mutter, und dabei wurde sie immer ganz wütend, was ich sonst nicht von ihr kannte. Mit dem Buch verband sie wohl alles, was Hitler ihr genommen hatte. Sie sagte einmal zu mir, als ich sie später befragte: »Das ›dumme‹ Buch hätten wir sofort verbrennen sollen, aber wir wussten ja nie, ob wir es noch mal irgendwann vorzeigen mussten. Es lag immer versteckt im Kleiderschrank unten. In der Hitlerzeit konnte man einigen im Dorf auch nicht trauen. Nein, nicht direkt in unserer Nachbarschaft, aber Spione gab es überall ...«

Möllers, die sie zuerst kennengelernt hatte, genossen ihr absolutes Vertrauen. Möllers Mutter bin ich heute noch dankbar, denn sie rettete mir bei einer Hausgeburt, im Kriegswinter 1941, als keine Hebamme kommen konnte (wir hatten noch kein Telefon), das Leben. Vater und Tante Agnes – damals erst neunzehn Jahre alt – waren völlig überfordert, als ich in einer kalten Nacht im Dezember kurz vor Weihnachten vorzeitig auf die Welt wollte. Ich hätte kräftig geschrien, sieben Pfund gewogen und sei voll entwickelt gewesen, obwohl ich einen Monat zu früh kam, so wurde mir an jedem Geburtstag danach berichtet. Wahrscheinlich hatten meine Eltern sich mit dem Geburtstermin verrechnet. Frauenärzte und gynäkologische Untersuchungen gab es ja nicht. Mutter hatte nur einmal mit der zuständigen Hebamme Kontakt aufgenommen.

»Wenn ich heute daran denke, muss ich doch sagen, dass wir sehr unvorsichtig waren, Hinnerk und ich. Wir waren mit

Hochzeit, 19. April 1939. Trauzeugen Schwester Agnes Weg-lage und Neffe Josef Rechtien

dem Rad nach Cloppenburg, um für Agnes ein neues Rad zu kaufen [aha, dann lief der Hof doch ganz gut, so mein innerer Kommentar]. Auf dem Rückweg fiel mir das Treten immer schwerer. Ich musste das Rad schieben. Hinnerk hatte ja die zwei Räder, eins, auf dem er fuhr, und das neue, das er mit der rechten Hand mitlaufen ließ. Er war sehr besorgt, weil es schon anfing, dunkel zu werden. Schließlich meinte er, als wir bei Tellmanns angekommen waren (ein Hof, circa dreihundert Meter von unserem Haus entfernt): ›Ich fahr schon mal vor, dann kann ich schon mit dem Füttern und Melken anfangen.‹ Und er stieg auf und fuhr weiter. Ja, Maria, so wärst du bald auf der Straße zur Welt gekommen, denn das Fruchtwasser war mir schon abgegangen. Dass es dann so schnell weiterging, damit hatte ich nicht gerechnet. Irmgard ist ja in Cloppenburg im Krankenhaus zur Welt gekommen und da hat die Geburt drei Stunden gedauert. Du hast das in einer Stunde geschafft.«

Die äußeren Umstände waren damals etwas chaotisch. Man hatte gerade ein Schwein geschlachtet, die Wäsche wurde nicht trocken, weil es gefroren hatte, und der Hof war wegen des Strohschleppens nicht gefegt worden. Mutter, die sehr ordnungsliebend war, erzählte immer, dass sie sich wegen des Chaos sehr geschämt habe, als die Hebamme endlich am zweiten Tag nach der Geburt eintraf. Von der Freude über meine Geburt war nicht die Rede. Vater und Mutter hatten auf einen Hoferben gehofft. Ich bekam der Einfachheit halber den Vornamen der Taufpatin – Maria. Das war auch der Vorname meiner Mutter, sodass ich mein Leben lang Identitätsprobleme hatte. Wer war gemeint, wenn die Tante »Maria« rief? Mutter oder ich? Mit »Tante« war aber nicht Tante Agnes gemeint, die später noch einen Nachbarn heiratete, sondern Mutters ältere Schwester Sefa, die im Krieg zu uns kam und in meinem Leben eine nicht unbedeutende Rolle spielen sollte.

Etwas voreilig aber blieb ich mein Leben lang, aber auch schnell im Denken und Handeln.

»Sind nun die Elemente nicht aus dem Komplex zu trennen, was ist dann an dem ganzen Wicht original zu nennen?« (Johann Wolfgang von Goethe)

WARNSTEDT

An jedem Geburtstag ruft mich ein ehemaliger Spielkamerad, der schon lange in Bremen wohnt, an und singt mir den Refrain des Warnstedter-Liedes vor: »In Warnstedter Erde will ich begraben sein«. Dann singe ich natürlich mit. Was uns beide immer noch verbindet, ist die Liebe zur Heimat mit all den schönen Kindheitserinnerungen.

Der Ort Warnstedt, in dem unser Pachthof lag und auf dem ich bis zum dreizehnten Lebensjahr aufwuchs, ist für mich der Inbegriff von Heimat geblieben, obwohl ich jetzt schon seit über fünfzig Jahren in Damme in Südoldenburg lebe. Ich habe immer noch die vielen Bilder von all den Häusern und Äckern, Winkeln und Ecken dieses kleinen Ortes im Gedächtnis und rufe diese gerne ab, wenn ich nicht einschlafen kann. Auch die Personen, die dazugehörten, habe ich noch vor Augen. Das Wissen über die historischen und geologischen Grundlagen meines Heimatorts habe ich mir erst im Alter angeeignet. Wenn ich als Lehrerin einen Text für ein Heimatkundliches Handbuch entwerfen sollte, würde ich Folgendes schreiben:

»Warnstedt liegt im Südwesten Niedersachsens, ungefähr in der Mitte der Fluglinie zwischen den Städten Osnabrück und Oldenburg. Die ganze Region nennt man auch das ›Oldenburger Münsterland‹; sie war vor dem Krieg schon eine Enklave des Katholizismus und ist es danach auch geblieben. Wenn man sich die Eigentümlichkeit der Menschen erschließen will – wie diese direkt nach dem Krieg lebten –, trifft man auf einen besonders starken Einfluss der katholischen Geistlichkeit, eine ausgeprägte katholische Vereinsstruktur und eine dominierende katholische Zentrumspartei. Das ist zum Teil heute noch so, wenn man den ›Ureinwohnern‹ auf einem Dorffest begegnet.

Vor dem Krieg aber versuchten die Nationalsozialisten mit allen Mitteln, besonders mit dem sogenannten Kreuzerlass, Einfluss auf das gesellschaftliche Leben in Südoldenburg zu nehmen. Alle religiösen Symbole, Bilder und Statuen sollten aus der Öffentlichkeit verschwinden, auch das Kreuz aus der Schule. Die Bevölkerung war darüber sehr aufgebracht, und so kam es zu einer offenen Revolte gegen die Nazis, dem ›Kreuzkampf‹. Getragen von einer zutiefst ausgeprägten katholischen Mentalität gingen die Menschen gegen einen Staat vor, der sich anmaßte, das Recht auf politische und religiöse Selbstbestimmung zu beschränken. Gauleiter Röver musste 1936 bei einer Kundgebung in Cloppenburg darum vor Tausenden von aufgebrachten Menschen den Kreuzerlass zurücknehmen. Auch Zentrumsmitglieder aus Warnstedt waren dabei.

Die Kreisstadt Cloppenburg, der Austragungsort dieses Aufbäumens gegen den Nationalsozialismus, liegt neun Kilometer von Warnstedt entfernt und war damals auch noch über die Bahnstation Hemmelte zu erreichen. Der Ort gehörte und gehört noch zur Gemeinde Cappeln und bildet mit dem Nachbarort Elsten eine Kirchengemeinde. In Elsten steht auch die Pfarrkirche, die damals von den Warnstedtern je nach Lage des Hofes zu Fuß, mit dem Fahrrad oder mit der Kutsche erreicht werden konnte.

Zu Beginn des Krieges gab es im Dorf mit den fünfunddreißig Haushalten auch einige Handwerker wie einen Maler, einen Schmied, einen Holzschuhmacher, einen Stellmacher, einen

Schlachter und einen Schreiner, dazu zwei Müller und einen Bäcker. Alle landwirtschaftlichen Betriebe waren weitestgehend Selbstversorger, selbst der Lehrer hielt sich ein Schwein zum Schlachten.

Das Alltagsleben im Dorf war vom Frühjahr bis zum Herbst von harter Arbeit geprägt, in diese waren die Kinder fest eingebunden. Vor allem die Nachbarschaft, die Kirchengemeinde und das Vereinsleben (Jäger, Feuerwehr, Gesangsverein und später Schützenverein) hielten das Dorf zusammen. Arme und Reiche hatten nach dem Krieg dieselben Probleme: Verlust von Angehörigen durch den Krieg, vernachlässigte Ackerflächen und Mangel an Dünge- und Pflanzenschutzmitteln.

Neben Schule und Kirche war auch noch die Poststelle von Bedeutung, die sich am Bahnhof in Hemmelte befand. Zeitung und Briefe brachte der Postbote immer persönlich ins Haus, denn die Türen auf den Höfen waren nie zugesperrt oder abgeschlossen. Das änderte sich erst, als am Ende des Krieges viele Städter die an der Bahnlinie gelegenen Ortschaften überschwemmten, um wertvolle Haushaltsgegenstände gegen Lebensmittel einzutauschen.

Nur die großen Bauern hatten ein Telefon. Bei wichtigen Anlässen wie Hochzeiten oder Todesfällen wurden Boten, die sogenannten Hochzeitsbitter oder Totensager, ausgeschickt. Diese Aufgabe fiel den unmittelbaren Nachbarn zu. Dabei mussten oft viele Kilometer mit dem Fahrrad zurückgelegt werden.«

Wir Kinder legten alle Wege immer zu Fuß zurück, weil unsere Familie keine Kutsche besaß und später auch nur zwei Fahrräder zur Verfügung standen: ein Melkrad, an das die Milchkannen gehängt wurden, und ein weiteres Fahrrad für alle anderen Angelegenheiten. Meine Schwester und ich benutzten es manchmal, um zur Kirche zu fahren. Irmgard fuhr dabei einhundert Meter, dann legte sie das Rad nieder und ging zu Fuß weiter. Ich kam zu Fuß nach, nahm das Rad auf und fuhr los. So hatte jede wenigstens die Hälfte des Weges mit dem Rad zurückgelegt. Die genaue Distanz von einhundert Metern konnten wir an den Wegsteinen am Straßenrand ablesen, so gab es keinen Streit.

Dieser Weg führte immer über die alte Dorfstraße, die durch die Eschrandlage bestimmt ist. Dort lagen und liegen auch heute noch drei größere Bauernhöfe. Einen Ortskern gab es in Warnstedt nicht, nur ein kleines Zentrum mit der Volksschule, die ich vier Jahre lang besuchte, einem Schmied und einem Müller, der auch noch die einzige Gaststätte und den Dorfladen führte. Der Fußweg zur Schule dauerte für uns Kinder fünfzehn Minuten, aber meistens trödelten wir, besonders auf dem Rückweg.

Die Arbeit auf dem Feld war für Tante Agnes und Mutter sehr hart, weil noch viele Hackfrüchte (Runkelrüben, Kohl und Kartoffeln) als Futtergrundlage für das gesamte Vieh angebaut wurden. Das war sehr arbeitsintensiv. Irmgard und ich machten abends gern Blödsinn – in der Küche, wenn Tante Agnes und Mutter wieder auf dem Feld waren, in der Annahme, dass wir längst friedlich schliefen.

Während des Krieges wurde uns ein französischer Kriegsgefangener namens Abel zugeteilt, an den ich mich noch schwach erinnere. Er war sehr freundlich und unterstützte Mutter und Tante Agnes so gut er konnte, obwohl er von der Arbeit in der Landwirtschaft keine Ahnung hatte. Mutter erzählte später oft die Geschichte von der Front, als die englischen Soldaten auf unseren Hof kamen, Abel sich zwei Tage versteckt hielt, aus Angst, doch noch von den Deutschen erschossen zu werden.

Nach Kriegsende, als definitiv feststand, dass Vater nicht zurückkehren würde, hatten wir nacheinander drei verschiedene landwirtschaftliche Gehilfen, die dann die schwere Arbeit mit den Pferden übernahmen. Den Lohn musste Mutter von der knappen Witwenrente abzweigen. Der erste Gehilfe, Ferdi, kam nach Kriegsende aus Mutters Heimatort. Wir Kinder liebten ihn über alles, wir kletterten auf seinen Schoß, er spielte mit uns und wir verfolgten ihn bis in seine Schlafkammer, was uns – für uns unverständlich – dann aber verboten wurde. Aber das war eine glückliche, ausgefüllte Zeit. Wir sahen in Ferdi eben einen Vaterersatz. Er blieb jedoch nicht lange, warum auch immer.

Wir Kinder, das heißt Irmgard und ich, wurden früh zu kleinen Arbeiten herangezogen. Das Heuen auf den Wiesen vor dem Moor sowie die Getreideernte mit dem Garbenbinden und Hockensetzen (vorwiegend Roggen, Hafer und etwas Weizen) verlangten besonders Mutter und Tante Agnes viel ab. Wir wurden dann zum Nachharken von Heu und Stroh eingesetzt. »Das ist Kinderarbeit!«, hieß es immer. Im Sommer hechelten wir ganz schön, wenn wir zu zweit den schweren breiten Rechen über die abgemähte Fläche ziehen mussten und jeder Schritt mühevoll war. Darüber beschwerten wir uns aber nicht.

Erwähnt werden muss noch die Inflation nach dem Krieg und die Währungsreform von 1948. Wir durften die neuen Geldscheine in die Hand nehmen und befühlen, konnten diese Zäsur aber natürlich in keiner Beziehung würdigen.

Wenn ich jetzt im Alter auf diese Zeit zurückblicke, kommt sie für mich friedlich und ohne große Probleme daher, die Vorschulzeit, als ich noch keinen Kontakt zur Außenwelt hatte. Ich fühlte ich mich in dem kleinen dörflichen Kosmos gut aufgehoben. Ich kannte seine Grenzen und suchte mir intuitiv meine Inseln zum Abgrenzen und Entspannen.

Dass wir nicht viel Eigenes besaßen beziehungsweise Vater bei Übernahme des Pachthofes auf die Mitgift seines Bruders angewiesen gewesen war, stieß mir immer auf, wenn ich an den beiden Ackerwagen, die im Schuppen standen, den Namen meines Onkels las. Hatte der Onkel uns die Wagen nur geliehen? Es gab auf diese Frage keine Antwort. Und überhaupt: Von welchem Geld waren die ersten Tiere und die wenigen Möbel im Haus bezahlt worden?

Zum Pachthof gehörten circa zwölf Hektar – was etwa einer Fläche von zwölf Fußballfeldern entspricht –, die zum Überleben reichen mussten. Der Boden war nicht besonders ertragreich, weil er dem Moor vorgelagert war. Dorthin gingen wir als Kinder gern, um dann aus der Ferne auf den Hof zurückzublicken und festzustellen: »Die zusammenhängenden Ackerflächen und die große Viehweide, das alles gehört zu uns!«

Schöne Eichenbestände und eine breit angelegte Einfahrt mit weiß getünchten Felssteinen verliehen dem Hof ein schmuckes Aussehen, was die »Tommys« bei der Front im April 1945 wohl dazu verleitete, bei uns Station zu machen.

Im Garten und am Haus gab es zahlreiche Apfel- Birnen- und Pflaumenbäume – und einen Kirschbaum auf der Weide. Der Hühnerstall, der Torfstall und der Wagenschuppen waren dem Schweinestall vorgelagert, mit der Rückseite zur Straße. Eine Scheune gab es nicht. Aber das Hofgelände bot reichlich Möglichkeiten zum Verstecken, sodass in der Grundschulzeit oft viele Kinder zu uns zum Spielen kamen.

Die Getreidegarben wurden in großen runden Haufen aufgeschichtet und im Herbst und Winter von einem Lohnunternehmen mit einer Dreschmaschine ausgedroschen. Das war ja auch noch am Tag vor meiner Geburt passiert, der ganze Hof

Elternhaus. Frontansicht von der Hemmelter Straße

zeigte noch Spuren des Strohschleppens. Diese Aufgabe, das Strohschleppen, fiel dann später im Schulalter uns Kindern zu. Von der Diele aus wurden die Ballen nach oben auf die Balken befördert. Bei dieser Arbeit hatten wir immer viel Spaß, wir rannten um die Wette oder versuchten auf den Ballen der Vorläuferin zu treten, sodass sie nicht weiterkam. Schadenfroh waren wir auch, wenn das Packband, das den Ballen zusammenhielt, riss. Bei Wind verstreuten wir das Stroh weitläufig auf dem Hof, was uns natürlich Schimpfe einbrachte. Nicht selten hatte ich Blasen an den Händen oder rote Striemen vom scharfen Packband. Da kam dann ein Pflaster drauf und weiter ging die Arbeit.

Im Nachhinein kommt es mir so vor, als ob wir uns durch das Toben an den Erwachsenen rächen wollten, die diese Arbeit als »kinderleicht« bezeichnet hatten. Wir konnten dem Strohschleppen einfach nicht entkommen, es musste zu Ende geführt werden und dauerte einen langen, langen Tag. Besonderen Spaß hatten wir, wenn unser Freund Siegfried, der in meinem Alter war und in der Nachbarschaft wohnte, uns dabei half. Wie viel von dem gedroschenen Getreide verkauft werden konnte, kann ich nicht sagen. Etwas Hafer wurde natürlich zum Füttern für die Pferde einbehalten.

Es gab noch andere Einnahmequellen. Da sind zunächst die Hühner zu nennen: vierzig bis fünfzig schätze ich mal, vielleicht auch weniger. Für zwanzig Eier konnte ich einen Stuten beim Bäcker nebenan bekommen. Das war lange ein gängiger Tauschhandel.

Wir hielten immer fünf bis sechs Kühe, deren Milch an die Molkerei abgegeben wurde, dazu ein paar Rinder und ein paar Kälber. Das Milchgeld war aber keine große Einnahmequelle. Die Kühe hatten alle einen Namen. Irmgards Kuh nahm den obersten Rang ein und hieß Alma. Meine Kuh war die zweite mit Namen Meta. Im Winter putzten wir die Kühe mit einem Schabeisen und einer Bürste, damit sie auch von hinten gepflegt aussahen. Das war Mutter wichtig, denn wenn eine Kuh kalbte, musste Mutter oft einen Mann aus der Nachbarschaft dazubitten, um das Kalb abzuziehen. Das war Schwerstarbeit, zu der Irmgard, als sie schon erwachsen war, auch nur im Notfall herangezogen wurde.

Eine gute Verdienstquelle war der Verkauf von Ferkeln. Mutter verbrachte manche Nacht im Schweinestall, um der Sau beim Ferkeln zu helfen, die Neugeborenen mit Stroh trockenzureiben und aufzupassen, dass unerfahrene Sauen nicht auf ihre eigenen Ferkel traten. Zehn bis zwölf Ferkel waren es in der Regel. Morgens wurden sie dann in einem Korb in die Küche getragen und ihnen die Zähne abgekniffen. Das war aber nicht schmerzhaft für die Kleinen, die Zähne wurden ja nur gekürzt, damit die Ferkel die Sau nicht beim Saugen verletzten. Ich hatte immer Spaß an den kleinen, sauberen, rosaroten Ferkeln mit den Ringelschwänzchen, wenn sie dann schon ganz eigenwillig um Mutters Beine herumstrichen und versuchten, die ersten Grunzlaute von sich zu geben. Ich hätte gern einmal eines auf den Arm genommen. Aber das durfte ich nicht.

Die wichtigsten Tiere auf dem Hof waren unsere beiden Pferde Grete und Lotte, Mutter und Tochter. Lotte war etwas größer als Grete und temperamentvoller. Im Winter konnte ich die Tiere streicheln und ihnen Wasser zum Trinken bringen. So ein Pferd säuft schon fast einen ganzen Eimer leer. Ab und zu wurden die Pferde dann auch bewegt, um Futterzusätze zu transportieren oder abzuholen. Im Sommer waren sie jeden Tag voll im Einsatz und wurden abends in die Kuhweide entlassen. Wenn ich das Vesperbrot auf den Acker nachbringen musste, bekamen sie eine Ecke vom alten Schwarzbrot, das man auf der flachen Hand zum Abnehmen anbot. Ich liebte Grete und Lotte und war immer traurig, wenn sie von unserem landwirtschaftlichen Gehilfen angebrüllt wurden, zum Beispiel beim Anspannen. In Erinnerung habe ich noch, dass Grete und Lotte einmal durchgingen und wild davon über die Landstraße Richtung Hemmelte galoppierten. Unser Nachbar Heinz war so mutig, sie mit ausgebreiteten Armen auf der Straße aufzuhalten.

Während des Krieges und in den ersten Jahren danach hatten wir auch noch ein paar Schafe, die im Schweinestall untergebracht waren. Als diese jedoch eines Morgens im Herbst fehlten, wurden keine neuen mehr angeschafft. Die Diebe hatten sie sofort auf dem nahen Acker geschlachtet und einen Schinken auf einem Rübenhaufen zurückgelassen.

»Das ist ja noch ziemlich nobel«, meinte Tante Agnes sarkastisch, »dass sie uns etwas übrig gelassen haben!«

Die Diebe mussten sich mit den Begebenheiten ausgekannt haben, weil der Hund auch nicht angeschlagen hatte. Die polizeilichen Ermittlungen verliefen im Sande.

In jedem Dorf gab es einen oder zwei Viehhändler, die die Höfe besuchten und mit den Eigentümern die Preise für das zum Verkauf stehende Vieh aushandelten, das sie dann auch selbst abholten. Vor dem Krieg war auch ein jüdischer Händler aus Cloppenburg dabei gewesen, erzählte Tante Agnes. Nach dem Krieg wurde er nicht mehr gesehen. Über sein Schicksal wusste niemand etwas. Irgendwie hatte ich bei dieser Erwähnung dieses Mannes als Kind aber immer das Gefühl, das die Erwachsenen mir etwas verheimlichten.

Die schwankenden Schweinepreise waren oft beim Mittagstisch im Gespräch, ebenso auch die aktuellen Eier- und Milchpreise.

Die Alltagssprache war das Südoldenburger Plattdeutsch, wobei das Warnstedter Platt vom Akzent her etwas breiter ausfällt als das spitze Neuenkirchener Platt. Mutter konnte ohne

Probleme von dem einen Platt zum anderen wechseln – je nach Gesprächspartner. Natürlich beherrschte sie auch das Hochdeutsche.

Mit uns Kindern wurde immer das Warnstedter Platt gesprochen. Als ich in die Schule kam, verstand ich zunächst kein Wort. Es gelang mir aber schnell, meine Welt mit hochdeutschen Wörtern aufzufüllen, das heißt zuerst natürlich alles im Kopf vom Plattdeutschen ins Hochdeutsche zu übersetzen. Mit dieser Methode aber machte ich im ersten Schuljahr einmal schlechte Erfahrungen: Es ging beim Betrachten einer Fibelseite, auf der eine große Pfütze abgebildet war, um die richtige Bezeichnung derselben. Das Wort »Pfütze« war mir im Hochdeutschen aber nicht bekannt. Also übersetzte ich Pfütze mit »Paul Wasser«, angelehnt an den plattdeutschen Ausdruck »Paol Waoter« (ein Pfuhl Wasser). Der Lehrer brach in lautes Gelächter aus: »Paul Wasser! Paul Wasser! Nein, das ist doch nicht zu fassen, Maria!« Er wiederholte die Worte immer wieder und äffte meine Ausdrucksweise nach. »Paul Wasser! Paul Wasser!«, höhnte er. An diese Situation musste ich mein Leben lang beim Anblick einer Pfütze denken. Also schwieg ich damals lieber im Unterricht und meldete mich nur auf ausdrückliche Aufforderung.

Da der Lehrer, die Flüchtlingskinder und die Kinder der größeren Bauern nur Hochdeutsch sprachen – für sie war das Plattdeutsche ohnehin nur die primitive Sprache der Heuerleute –, hatte ich meinen Wortschatz aber sehr bald mit dem Hochdeutschen angereichert.

Die Monate ohne »r« – also Mai, Juni, Juli und August – waren für mich die schönsten im Jahr. Auf unsere Lieblingsspiele auf einer Decke draußen auf der Wiese (direkt hinter dem großen Schlafzimmer) mussten wir ab September aber verzichten, denn alle Monate, die ein »r« enthalten, verbieten das direkte Sitzen auf dem Rasen – so die Regel nach der Volksmeinung –, unabhängig vom Wetter.

Von Mai bis August aber hatten wir die Rasenfläche hinter dem Haus zur freien Verfügung. Welch eine wunderbare Welt: windgeschützt durch hohe Hecken und Sträucher, nicht einzusehen von der Straße und vom Hof, dem Arbeitsbereich der Erwachsenen. Waren wir allein, wurden die Puppen mit ihren Puppenwagen herausgeholt. Irmgard besaß einen großen geflochtenen Korbwagen, ich einen etwas kleineren, mit beigem Leder bespannten, das Kopfteil zum Herunterklappen, und Hedwig einen noch kleineren. An unseren Rollenspielen ließen wir Hedwig meistens nicht teilhaben, weil sie die Rollen, die unserer Fantasie entsprangen, nicht zu unserer Zufriedenheit ausfüllen konnte. Sie saß dann nur dabei und zog ihre Puppe an oder aus.

Meine Puppe hieß Franziska, Irmgards Antonia und Hedwigs Gisela. Unser Freund Siegfried wurde immer mit einbezogen. Als er später bei einem Polsterer und Dekorateur in die Lehre ging, nähte er Hedwig, die noch lange mit Puppen spielte, aus Stoffresten schöne Kleidung für ihre Puppen. Seine homosexuelle Veranlagung wurde unbewusst von der Familie toleriert, im Erwachsenenalter konnte er Gott sei Dank in München freier leben, wo er beruflich in einer Gaststätte tätig war. In der Schule wurde Siegfried aber immer von den Jungen

Elternhaus. Vom Garten aus gesehen

gehänselt, weil er nur mit uns Mädchen spielte und sich auch an den Kreisspielen in der Pause beteiligte.

Am häufigsten spielten wir auf dem Rasen, denn hinter unserem Haus hatten wir Kinder diese völlig geschützte Zone, die große Rasenfläche mit den Obstbäumen, davor die Blumenbeete, neben dem zweigeteilten kleinen Acker, der Mutters Lieblingsarbeitsplatz war. Auch wenn wir für unsere Spiele nur eine alte Decke benutzen durften, konnten wir in improvisierten Rollen- und Bewegungsspielen einen ganzen Nachmittag mit Herumtoben verbringen. Wir hatten ja noch Steinchen, Stöckchen, Blumen und Blätter aus der Natur in Hülle und Fülle zur Verfügung. Waren die Nachbarmädchen auch da, spielten wir alte bekannte Kreis- und Fangspiele wie »Macht auf das Tor«, »Himmel und Hölle« oder »Die Englein werden gerüttelt«.

In der Gemüsezone aber herrschte absolutes Spielverbot, auch bei den hohen Stangenbohnen, wo man sich so gut verstecken konnte. Wir Kinder hatten alle drei ein kleines Beet zum Bepflanzen und Bearbeiten am Zaun. Das war schon ein tolles Zugeständnis in der damaligen Zeit. Aber sichtbare Erfolge konnte ich nie vorweisen, meistens vertrockneten die ersten Keimlinge.

In der Mitte des Gartens, am Hauptweg unter zwei hohen Zedern, lag unser Osternestplatz. Den Hauptweg, aber auch die Nebenwege habe ich später jeden Samstag von Unkraut befreit und geharkt, denn wenn am Sonntag Besuch kam, wurde immer der Garten besucht und begutachtet. Mutter war stolz auf ihren Garten. Von der Anlage her war er ein typischer Bauerngarten – Buchsbaumhecken und Blumenbeete. Leider konnten wir die Beete aber nie mit Rosen bestücken. Das Geld reichte immer nur für Stiefmütterchen.

Wir Kinder hatten uns außerdem noch den Bereich hinter dem Küchenfenster neben dem Brunnen als Außenterrasse zu eigen gemacht. Wenn meine ältere Schwester Geburtstag hatte, am einundzwanzigsten Juli, wurde die kleine Stube gefegt und geschmückt und dort der kleine Tisch aus der Küche aufgestellt, den wir mit Gräsern und Wildblumen verzierten. Mittags warteten wir auf Johannisbeerensuppe, Butterkartoffeln und Wackelpudding. Diese Sonntagsspeise wurde durch das Küchenfenster angereicht. Wenn unser Freund Siegfried dann noch im Sonntagsanzug mit Fliege und einem kleinen Blumenstrauß in der Hand vorbeikam, war der Geburtstag perfekt.

Bis zum September war ich immer sehr zufrieden mit unserem »Snack-Angebot«, so würde man heute sicher sagen; mit dem Obst, das ich draußen auf dem Hof und im Garten vorfand: Kirschen, Johannis- und Stachelbeeren waren schnell abgeerntet, aber Äpfel, Pflaumen und Mirabellen, auch Spelgen genannt, gab es noch lange. Das bedeutete für mich, dass ich nicht immer sehnsüchtig auf das Vesperbrot bis um halb vier warten musste, sondern durch Selbstbedienung den Hunger stillen konnte. Das Sättigungsgefühl nach einer dünnen Gemüsesuppe am Mittag hielt eben nicht lange an.

Ich glaube, dass die freien Spiele und die Selbstversorgung im Sommer mir sehr gut getan haben. Es gab weniger Reibungspunkte mit den Erwachsenen und angestaute Spannungen konnte ich im Spiel abreagieren.

Wenn ich abends nach so einem schönen Spielnachmittag Rückschau auf den Tag hielt, konnte ich selig in den Schlaf hinübergleiten.

TANTEN

Ein afrikanisches Sprichwort sagt: »Es braucht ein ganzes Dorf, um ein Kind zu erziehen.« Lässt sich das auch auf Kinder, die ohne Vater aufwachsen, anwenden? Brauchen sie nicht besonders viel Fürsorge, sozusagen eine doppelte Portion? Damals, nach dem Zweiten Weltkrieg, gab es in unserem Dorf rückblickend eher die soziale Kontrolle, die das Verhalten der Dorfbewohner bestimmte. Gehört sich dieses oder jenes? Verhält sich jemand, so wie man es erwartet, wie es von jeher üblich ist, oder fällt er aus dem Rahmen?

Im Herbst 1943 bekam Vater den Einberufungsbefehl. Ab 1943 wurden aus unserem Ort auch verheiratete Männer eingezogen, vorher waren es immer nur Junggesellen gewesen. Auswählen musste sie der Ortsvorsitzende, der später mein Schwiegervater werden sollte. Welche schicksalhafte Fügung! Was Mutter von meiner Wahl, nämlich gerade den Sohn dieses Mannes zu heiraten, dachte, habe ich nie erfahren. Mein Schwiegervater musste letztlich auch in den Krieg ziehen und geriet in Gefangenschaft.

Hitler hatte den Krieg mit der Offensive im Westen und im Osten schon längst verloren. An Vaters Briefen lässt sich ablesen, dass er über Belgien bis Spanien und Italien, aber auch über Berlin immer wieder kreuz und quer mit einem Artillerieregiment durch Europa geschickt wurde, bis er dann im März 1945, sechs Wochen vor der Kapitulation, durch einen Granatensplitter in Stuhlweißenburg in der Nähe der Hauptstadt von Ungarn den Tod fand. Eine Grabstätte gibt es nicht.

Machte man sich also Gedanken um die Kinder, die vaterlos aufwuchsen? Nicht wirklich. In unserem Dorf waren zwei Familien betroffen. Die andere Witwe heiratete später wieder, sodass wir in der Schule die einzigen Kinder ohne Vater waren. Mutter und ihre jüngste Schwester Agnes aber hatten ihre eigenen Prinzipien und gaben ihr Bestes.

Tante Agnes war, als sie mit auf unseren Pachthof kam, gerade neunzehn Jahre alt. Sie war nach dem Ersten Weltkrieg ge-

Familie 1946. V.l.n.r.: Maria Rechtien (Mutter), Maria Rechtien, Agnes Weglage, Irmgard Rechtien, Sefa Weglage, Hedwig Rechtien

boren, in eine entbehrungsreiche Zeit hinein, als überall Mangel herrschte und besonders die »kleinen Leute« ums Überleben kämpfen mussten. Die Vergnügungen der Jugend konnte sie nicht genießen, es gab keine Gelegenheit dazu. Dann begann 1939 der neue Weltkrieg und ab 1943 die zusätzliche Feldarbeit. Verdienen oder gar sparen konnte Agnes nichts, da bei uns das Bargeld rar war. Trotzdem hatte sie sich ihre Frohnatur bewahrt, konnte lachen und uns aufmuntern, war auch in bestimmten Dingen sehr leidenschaftlich und temperamentvoll. Ich hielt mich gerne in ihrer Nähe auf. Der Sonntagsnachmittagsschlaf war ihr heilig. Da es nach dem Krieg keine öffentlichen Veranstaltungen gab und viele junge Männer im Krieg geblieben waren, hatte sie nach Kriegsende, als sie im heiratsfähigen Alter war, keine Gelegenheit, einen Partner zu finden. Der gemeinsame Gottesdienst, an dem alle mobilen Mitglieder des Dorfes teilnahmen, bot auch keine Gelegenheit zur Kontaktaufnahme.

Als dann ein Nachbarsohn, der einen kleinen Hof bewirtschaftete, um sie warb, überlegte sie sehr lange, ob sie zusagen sollte. Sie wusste, dass er trank, aber das war damals bei vielen Männern im Ort an der Tagesordnung. War der Nachbarsohn angetrunken, kam er immer nachts bei uns vorbei, klopfte ans Kammerfenster und rief: »Agnes! Agnes! Komm raus.« Tante Agnes überlegte dann immer lange, bis Tante Sefa aus dem angrenzenden Zimmer sagte: »Nun geh schon raus, Agnes, sonst macht er noch alle Kinder wach!« Ich hatte alles gehört, blieb aber immer mucksmäuschenstill.

Als Tante Agnes dann doch noch heiratete, war sie schon dreißig Jahre alt. Ein neues Schlafzimmer, etwas Wäsche und die Ausrichtung der Hochzeitsfeier auf unserem Hof, das war alles, was Mutter finanziell noch verkraften konnte. Ich kann mich noch erinnern, dass sie mit einem Neffen, der Schreiner in Cloppenburg war, darüber verhandelte. Wahrscheinlich musste sie für die Mitgift einen Kredit aufnehmen. Den engen Kontakt zu uns behielt meine Tante ein Leben lang bei. Ich freute mich immer, wenn ich zum Babysitten geholt wurde, war gerne bei ihr im Haus und erzählte ihr manches, was ich zu Hause nicht loswerden konnte. Sie wusste immer, wer mit wem »ging«, hatte Humor und strahlte trotz ihres harten Alltagslebens Zuversicht aus. Wenn das Bargeld ausgegangen war, weil gerade keine Ferkel verkauft werden konnten und die spärliche Rente noch nicht ausgezahlt worden war, wechselte oft ein Zwanziger die Hand.

Neben Tante Agnes gab es noch Tante Sefa, eine ältere Schwester von Mutter, die zum Kriegsende zu uns kam und von da an bis zu ihrem Tode bei uns den Haushalt führte. In der Vorkriegszeit hatte Tante Sefa gute Stellungen innegehabt. Während des Krieges aber wurde sie arbeitslos und kam völlig mittellos, ohne die Chance, noch einen Partner zu finden, bei uns an. Ihr Verlobter war im Krieg gefallen. Mit ihren braunen Augen und dem dichten dunklen Haar war sie die hübscheste der sechs Schwestern. Sie hatte viel Temperament und konnte sich schnell über Kleinigkeiten aufregen. Bei wichtigen Entscheidungen ordnete sie sich aber Mutter unter. Sie konnte sehr gut kochen, das war ihr Spezialgebiet. Da Mutter auf dem Feld arbeitete und Sefa für den Haushalt verantwortlich war, hatten wir es mit ihr nicht immer leicht. Sie bestimmte unseren Alltag und verwöhnte unsere jüngste Schwester so auffällig, dass wir oft neidisch wurden. Mir fiel schon auf, dass sie verbittert war. Dabei hatte sie zwei Gesichter. Sie konnte über jemanden schimpfen, im direkten Kontakt mit demselben aber war sie dann freundlich. Dieses Verhalten war wohl ihrer langen Tätigkeit als Dienstmädchen geschuldet. Sicher hatte sie viele Demütigungen hinnehmen müssen. Ich schlief mit ihr in einem Bett und musste oft heimlich weinen, wenn sie mich wieder zusammengestaucht hatte. So vermied ich im Alltag fast jeden Streit. Im Gegensatz zu meiner älteren Schwester gab ich oft nach und fügte mich ihrem Willen, zum Beispiel wenn es galt, Hedwig zum Spielen mitzunehmen. Tante Sefa war auch sehr neugierig und fragte immer alle Einzelheiten nach, wenn wir aus der Schule oder von der Kirche kamen. Wenn Mutter auf dem Feld war, stöberte sie in Mutters Unterlagen. Auch mein Tagebuch war vor ihr nicht sicher. Deshalb verfasste ich meine Eintragungen später auf Englisch, so gut es meine Sprachkenntnisse zuließen.

Wir drei Mädchen wurden so nur von Frauen erzogen, von drei ganz unterschiedlich veranlagten Frauen vor Ort und mindestens immer zweien, der Ordensschwester und der Tante in Münster, im Hintergrund. Die männliche Komponente kam nicht zum Tragen, weil wir keine Beziehung zu unserem dritten und letzten landwirtschaftlichen Gehilfen entwickelten. Dieser ignorierte uns, sprach ganz selten mit uns und war auch sonst – wie gesagt – ein unfreundlicher Zeitgenosse. Er hatte wohl geglaubt, er könne bei einer Witwe einheiraten, aber das war schiefgegangen. Mutter blieb für ihn trotzdem eine Autorität. Er respektierte sie als Chefin und erledigte die Landarbeit so gut er konnte, hatte aber im Umgang mit dem Vieh nicht so viel Erfahrung wie Mutter.

So verlief unsere frühe Kindheit trotz des Verlustes des Vaters relativ normal, da wir immer mindestens zwei Bezugspersonen hatten, die uns im Notfall Orientierung und Sicherheit garantierten – Mutter und Tante Agnes.

Die Geschwisterkonstellation spielte in meiner Entwicklung eine weitere entscheidende Rolle. Meine Schwestern waren selbstbewusster als ich: die ältere, weil sie die Vorzüge der Erstgeborenen nutzen konnte, die jüngere, weil sie verwöhnt wurde und so genug Zuwendung bekam. Als »Sandwichkind« musste ich mich nach oben oder unten strecken, die Aufmerksamkeit war in den ersten entscheidenden Lebensjahren nicht auf mich gerichtet. Ich war einerseits als Heulsuse abgestempelt und lutschte noch lange auf den Fingern. Andererseits wurde ich, da ich mit sechs Jahren genauso groß war wie meine Schwester, mit ihr gleichgeschaltet. Wir wurden oft als Zwillinge angesehen. Da Irmgard bei Anforderungen in der Öffentlichkeit, zum Beispiel beim Einkaufen, sich oft aus Bequemlichkeit buchstäblich hinter mich stellte, wuchs ich in die Führungsrolle hinein, was mir im Schulkindalter gut gefiel und mich dann auch enorm aufwertete. Der Besuch des Gymnasiums später verstärkte noch diese Sonderstellung.

Wir Kinder nannten die Erwachsenen »die Großen«, weil all ihre Grundsätze und die daraus folgenden Anordnungen unsere Alltagswelt ständig überschatteten. Den Freiraum, den wir hatten, erkundeten wir allerdings mit allen Sinnen, freuten uns darüber und genossen auf unsere Weise die Besonderheiten der Jahreszeiten, die es uns ermöglichten, unser Umfeld in Besitz zu nehmen und viele neue Wege zu gehen, von denen die Großen nicht die leiseste Ahnung hatten.

NACHBARN

1. Möllers

Gute Nachbarn zu haben, das bedeutete in meiner Jugend Sicherheit und Wohlbefinden in der dörflichen Gemeinschaft.

Die Nachbarn westlich von uns – etwa vierhundert Meter entfernt – führten einen mittelgroßen Bauernhof von dreißig Hektar. Sie waren sehr arbeitsame, aber auch hilfsbereite Leute.

Möllers Oma habe ich es ja zu verdanken, wie schon erwähnt, dass ich meine Geburt überlebte, weil sie als einzige greifbare Frau mit Erfahrung Geburtshilfe leistete.

Da wir nicht so viele landwirtschaftliche Geräte besaßen, konnten wir jederzeit auf Möllers zählen, ebenso wenn Not am Mann war und wir zusätzliche Hilfe benötigten.

Zum Arbeiten oder Aushelfen, was in der Nachbarschaft üblich war, ging ich aber als Kind sehr ungern zu Möllers, denn sie legten, zum Beispiel beim Kartoffelsuchen, ein für mich zu hohes Tempo vor. Als ich einmal beim »Nachsuchen« nach der Ernte die Kartoffeln, die noch vereinzelt von der Egge aufgedeckt wurden, in den Boden trat – ich war ausgelaugt von fünf Stunden Bücken und Schleppen –, stocherte Möllers Opa diese Einzelexemplare zu meiner Beschämung mit seinem Handstock wieder ans Licht.

Mit Belohnungen für geleistete Arbeit waren Möllers eher sparsam. Wie stolz aber war ich, als sie mich eines Tages dazu auserwählten, ein Fohlen hinter einer Stute zu einem vier Kilometer entfernten Hof zu treiben. Es war ein warmer Tag und meine Füße brannten nach der Heimkehr – acht Kilometer insgesamt für ein kleines Mädchen, einen halben Tag lang unterwegs ohne Getränk, dazu kein Brot auf dem Pferdehof, nur der Staub auf dem Sommerweg neben der Landstraße. Doch meine Hoffnung auf einen Obolus war vergebens, als ich bei Möllers eintrat. Arbeit und nur Arbeit zählte.

Eine Ausnahme wurde allerdings gemacht. Wenn ich einen Laufzettel zu Möllers brachte, gab es zur Belohnung immer Bonbons oder selbst gebackene Plätzchen, die sehr lecker schmeckten. Laufzettel waren damals die einzige Möglichkeit, Nachrichten schnell zu verbreiten: Todesfälle, Feiern, Versammlungen. Ein Laufzettel durfte nicht liegenbleiben, und so waren wir Kinder die geeigneten Boten. Die Reihenfolge war in den zwei Nachbarschaften, die es im Dorf gab, genau festgelegt.

Einmal hatte Mutter ein schönes Rind an einen Schwager von Heinz Möller verkauft. Mutter hatte lange mit dem Schwager gehandelt. Das war etwas, was sie während der Zeit als Magd bei dem großen Bauern vor ihrer Heirat gelernt hatte und was ihr großen Spaß machte. Bei diesem Handel konnte sie aber nicht den gewünschten Betrag erzielen und musste das Rind unter Wert verkaufen. Als sie das Geld schon erhalten hatte, erschien Heinz und wollte ihr die Differenz von hundert Mark auszahlen. Heinz wusste, dass sein Schwager nicht ganz fair gewesen war, Mutter war aber zu stolz, das Geld anzunehmen. Hundert Mark hatten damals noch ihren Wert. Zum Vergleich, unser Gehilfe Job bekam im Monat hundert Mark als Lohn. Das Geld versoff er in der Regel. Oder, wenn ich selbst mal neue Schuhe brauchte, durften sie höchstens zwanzig bis fünfundzwanzig Mark kosten. Schuhe für dreißig Mark brauchte ich mir gar nicht erst anzusehen, sie kamen schlichtweg nicht in Frage.

Möllers waren im Dorf hoch angesehen, weil sie die Nächstenliebe nach ihrem Verständnis lebten und jedem halfen, der ihrer Hilfe bedurfte. Noch im hohen Alter brachte Heinz einem einsamen und kranken Junggesellen, der allein in einem alten Heuerhaus wohnte, jeden Mittag mit dem Rad ein warmes Mittagessen.

2. Menken

Am Palmsonntag brachten wir immer je einen Palmstock zu unseren Nachbarn, zu Möllers auf der rechten Seite und zu Menken auf der linken. Mutter und Tante Agnes hatten die bunten Papierrosen für die Palmstöcke in der Farbe unserer

Wahl mit Rosendraht an den Stöcken befestigt und oben einen Apfel und einen Busch aus Buchsbaum draufgesteckt. Der Palmsonntag mit dem Gottesdienstbesuch wurde so zu einem Höhepunkt der Fastenzeit. In der Kirche wurden die Palmstöcke geweiht und dann in einer Prozession um die Kirche herum getragen. Wieder zu Hause machten wir uns auf zu den Nachbarn, die keine kleinen Kinder mehr hatten, um ihnen die gesegneten Palmstöcke mit dem Buchsbaum zu überbringen. Irmgard durfte immer zu Möllers und ich zu Menken gehen. Gottfried Menken war Bäcker und wohnte gleich nebenan. Wir wurden beide mit Süßigkeiten beschenkt und hinterher verglichen wir unsere Schätze, die wir ja noch mit Hedwig, die zu klein war, um schon in die Kirche mitzukommen, teilen mussten. Dann folgte unweigerlich diese Szene:

Ich (staunend): »Oh, Irmgard, du hast aber eine große Tüte gekriegt. Kipp die mal auf dem Tisch aus, damit wir sehen, was drin ist!«

Irmgard: »Nein. Erst du, Maria. Du hast sicher die besseren Sachen.«

Ich: »Das glaube ich nicht – aber reingeguckt habe ich schon mal, sieht nicht schlecht aus. Viele Sahnebonbons! So, jetzt du. Und dann ich.«

Irmgard leert ihre Tüte ganz vorsichtig, damit die Plätzchen, die immer drin sind, nicht zerbrechen.

Ich (zufrieden): »Dann will ich meine Tüte auch mal neben deinen Haufen schütten.«

Hedwig: »Darf ich schon was nehmen?«

Irmgard und ich gleichzeitig: »Halt! Stopp! Wir haben ja noch gar nicht alles gerecht aufgeteilt.«

Irmgard und ich machen eine Bestandsaufnahme der süßen Schätze. Hedwig hat sich ein Himbeerbonbon geschnappt, das vom Tisch gekullert ist. Wir staunen. Neunzehn Plätzchen, zwanzig Himbeerdrops, dreißig winzige Ostereier, sechs Brausetüten und vierundzwanzig Karamellbonbons.

Tante Agnes kommt herein und fragt: »Kann ich mal ein Plätzchen probieren?« (sie will wohl rausfinden, ob Möllers Plätzchen besser schmecken als unsere).

Wir nicken und denken: Dann sind es noch achtzehn. Die Menge ist wenigstens durch drei teilbar.

Das gerechte Aufteilen nimmt viel Zeit in Anspruch, aber zum Schluss sind wir alle mit unseren Schätzen zufrieden.

Ich freute mich immer, wenn ich zu Menkens Sefa, Gottfrieds Frau, gehen durfte. Irgendeine Kleinigkeit bekam man stets. Gottfried war der Müller und Bäcker in Warnstedt und Sefa für den kleinen Laden zuständig. Die beiden verstanden sich jedoch – wie die Leute sagten – überhaupt nicht. Gottfried besuchte nicht den sonntäglichen Gottesdienst, was in der Dorfmeinung ein schweres Vergehen war. Sefa verhielt sich uns gegenüber immer sehr freundlich, steckte uns so manches Bonbon zu und opferte gerne ihre Astern, wenn ich mal einen Blumenstrauß in die Schule mitnehmen wollte. Manchmal flüchtete sie auch vor ihrem Mann – auf dem kurzen Weg über den Sandkasten – zu Mutter und Tante in unsere Küche. Gern tranken sie dann zusammen einen Likör, soweit der vorrätig war. Öffnungszeiten gab es für den kleinen Laden mit Zucker, Mehl und Salz, Nudeln und Haferflocken nicht. Die Eier wurden an einen Großhändler abgegeben und täglich abgeholt. Ein Ei hatte durchschnittlich einen Wert von zwanzig bis zweiundzwanzig Pfennig, wobei es durchaus Schwankungen im Preis gab. Für zwanzig Eier erhielt man einen Roggenstuten.

Dann aber, eines Tages, machte der junge Gottfried, der zweite Sohn, der ebenfalls Bäcker gelernt hatte, einen großen Schritt in die Zukunft. Er ordnete sich dem Edeka-Konzern unter und konnte jetzt ein viel breiteres Warensortiment anbieten. Ich sehe noch das gelbblaue Edeka-Schild vor mir, das an der Hausmauer angebracht und von uns bestaunt wurde. Der älteste Sohn hatte eine Stelle bei der Hase-Wasseracht inne, der jüngere, Reinhold, fuhr mit einem »Hökerwagen« über Land, das heißt, er verkaufte Lebensmittel in den umliegenden Dörfern. Wir durften oft in seinen Wagen klettern und uns aus den Kisten eine Handvoll Bonbons nehmen. Reinhold war uns Kindern gegenüber sehr freundlich und stets großzügig. Später, als der Vater schon gestorben war, heiratete Gottfried in eine Bäckerei in Nordrhein-Westfalen ein. Reinhold war vom Vater wegen seiner Alkoholsucht aus dem Haus geworfen worden und kam unter sehr mysteriösen Umständen ums Leben.

3. Alkohol

Es fällt auf, dass im Krieg und nach dem Krieg ziemlich oft Alkohol im Spiel war. Wenn ich die bekannten Gesichter so vor mir habe, so muss ich feststellen, dass es mindestens in jedem dritten Haushalt einen Alkoholsüchtigen gab, der abends bei »Pint«, so nannte man die Kneipe mitten im Dorf neben der Schule, sein Bier und dazu den klaren Schnaps trank. Auch der Hauptlehrer gehörte dazu. Die Gründe dafür waren vielseitig. Einerseits stand es um die Landwirtschaft nicht gut. Viele der kinderreichen Familien hatten nicht nur einen, sondern zwei oder sogar drei Söhne verloren. In Warnstedt waren es fünfundzwanzig Gefallene und Vermisste, ein Drittel aller erwachsenen Männer. Die Väter kamen traumatisiert aus dem Krieg und der Gefangenschaft zurück und hatten kein Ventil für die schrecklichen Erlebnisse. Die Böden waren vernachlässigt und der Kunstdünger, der sonst vom »Schuppen«, einem Lagerhaus an der Bahnstation, geliefert worden war, war noch nicht wieder im Umlauf. Insgesamt eine trostlose Situation für die Landwirtschaft. Da griff man schon eher zum selbst gebrannten Alkohol.

Außerdem wurde Alkoholismus – als Sucht, als Krankheit – noch nicht erkannt. Reiner klarer Schnaps wurde bei vielen Begegnungen im Alltag angeboten. Ich weiß noch, dass die Schnapsflasche immer griffbereit im Brotschrank stand. Der Postbote war am meisten gefährdet, weil man ihm, besonders im Winter zum Aufwärmen, stets einen Schnaps anbot. Jemand, der nicht mittrank, wurde nicht für voll genommen. »Stell dich nicht so an. Einen kannst du doch wohl mittrinken!« Es gab definitiv mehr Alkoholsüchtige als heute. Drogen waren noch nicht im Umlauf, wohl aber die Vorstufe des Unheils, die Tablettensucht.

Besuchte uns ein betrunkener Nachbar, suchte ich immer das Weite. Da unser dritter landwirtschaftlicher Gehilfe am Sonntag oft angetrunken am Tisch saß, konnten wir ihm nicht entkommen. Meistens pöbelte er mich wegen des Schulbesuchs der »Höheren Schule« an. Tante Sefa, die den Haushalt führte, verlangte dann immer, dass ich ihm höflich Antwort geben sollte. »Etwas sagen kann man immer. Das gehört sich einfach.« Ich fühlte mich aber sehr verletzt, kniff dann die Lippen zusammen und sagte kein einziges Wort. Meistens antwortete Mutter – um des lieben Friedens willen – dann für mich. Um danach ein anderes Thema anzuschneiden.

HUNDE UND KATZEN

Ein beliebtes Aufsatzthema in der Grundschule war »Unsere Haustiere«, denn Hunde und Katzen gehörten zu jedem Bauernhof. Bei den Erwachsenen jedoch genossen sie keine besondere Wertschätzung und schon gar keinen Familienanschluss so wie heute.

Meine Aufsätze zu dem Thema wären etwa so ausgefallen:

Unser Hund

Unser Hofhund heißt Prinz. Ich streichle ihn immer, wenn ich von der Schule komme. Er muss bellen, wenn ein Fremder auf den Hof kommt. Mittags bekommt er die Reste zu fressen. Er kann sich bei Hitze, Kälte oder Regen in seine Hundehütte zurückziehen. Die ist mit Stroh ausgelegt. Eine Decke kennt er nicht. Tagsüber ist er mit einer längeren Kette angekettet, die er quer über den Hof ziehen kann. Deshalb macht er auch am Abend Freudensprünge, wenn er losgebunden wird. Darauf wartet er sicher den ganzen Tag.

Manche Bauern haben bissige und wilde Hunde, was sicher noch durch die Kette verstärkt wird. Freilaufende Hunde werden zu schnell in landwirtschaftliche Unfälle verwickelt, zum Beispiel beim Grasmähen oder bei der Getreideernte. Auch die Pferde können beim Ausschlagen einen Hund tödlich verletzen.

Kommentar des Lehrers: Das hast du gut beschrieben, Maria. Du hättest noch schreiben können, wie euer Hund aussieht, welche Rasse das ist! Note: gut

Unsere Katzen

Wir wissen meistens nie genau, wie viele Katzen wir gerade haben, sie sind nicht nur zum Mäuse fangen gut, sondern auch zum Vertreiben der Ratten, die es auf jedem Hof gibt. Zweimal im Jahr werfen sie Junge. Die Kätzchen, die im Sommer geboren werden (Stoppelkatzen), werden gleich nach der Geburt in einen Sack gesteckt und erschlagen, sobald man das Nest gefunden hat. Das ist sehr grausam, aber wir Kinder können nichts dagegen tun. Wenn wir morgens aufstehen, ist das meistens schon passiert und die toten Kätzchen sind schon irgendwo vergraben worden.

Unsere Katzen halten sich zum Fressen oben auf der Diele auf, direkt neben der Küchentür. Zum Schlafen klettern sie über die Leiter auf den Heuboden. Wenn ich sie mit etwas Milch und »Miez! Miez!« locke, kommen sie runter und schnurren, wenn ich sie streichele.

Ich kann mit ihnen schmusen und sie herumtragen. Das sehen Mama und Tante Sefa aber nicht gern, weil die Katzen Krankheiten übertragen können.

Kommentar des Lehrers: Du hast viel geschrieben und keine Rechtschreibfehler gemacht. Note: sehr gut

Ich glaube kaum, dass der Lehrer sich zu den toten Kätzchen geäußert hätte. Das war damals gängige Praxis, zumal den Stoppelkatzen nachgesagt wurde, dass sie anfällig und oft nicht überlebensfähig waren.

Gut, dass ich nicht noch geschrieben habe, dass die Katzen und Kater für uns manchmal verwunschene Prinzen oder auch Hexen und Bösewichte waren. »Die spinnt ja wohl!« – so hätte der Kommentar der Mitschüler mit Sicherheit gelautet.

In der Schule ärgere ich gerne einen älteren Jungen mit dem Spruch: »August Meyer / legt die Eier / in den Sand, mit Verstand. / Kommt der Geier / frisst die Eier / oh wie schreit der August Meyer!« (nebenbei bemerkt: fünfzehn Jahre später heiratete ich eben diesen August Meyer).

Meistens kann ich nur die erste Zeile laut rufen, dann hat die wütende Verfolgung schon begonnen. Von beginnender, zarter Liebe keine Spur. Die Zwischenfälle führen unweigerlich dazu, dass mein Holzschuh von August einbehalten wird und dann beginnt die Jagd. Da ich mit nur einem Holzschuh an den Füßen nicht vorankomme, lasse ich den anderen stehen und schon kann ich auf Socken flitzen, wobei der Verlust des zweiten Holzschuhs sicher ist. Meistens entkomme ich dem Jäger, weil der mich, das drei Jahre jüngere Mädchen, nicht ernst nimmt und die Verfolgung nicht fortsetzt. Fünfzehn Jahre später hat sich die Beziehung völlig geändert und ein Entkommen ist unmöglich geworden.

Lederschuhe waren nach dem Weltkrieg nicht zu bekommen (hohe neue Schuhe bekam ich erst zum Besuch des Gymnasiums). Auf dem Lande war das nicht so tragisch. Also trug alle Welt Holzschuhe, die man beim Holzschuhmacher, den es in jedem Ort gab, kaufen konnte. Sie wurden nach Maß angefertigt. Im Winter zog ich dazu dicke, selbstgestrickte Socken an, manchmal zwei Paar übereinander. Neue Holzschuhe? Für mich eine riesengroße große Freude!

Und Holzschuhe überhaupt? Zum Laufen – was man als Kind ständig macht – nicht besonders gut geeignet. Ich war zu schnell und schlug mir dabei immer wieder die Knöchel auf. Die lederne Abdeckung, oben mit einer Zierleiste versehen, sollte das Scheuern am Spann verhindern. Aber das Laufen war nicht so leicht, wenn es sich zum Beispiel um den Schulweg handelte. Die Straße war uneben und buckelig. Auf dem Sandweg, dem Pferdeweg daneben, standen oft Pfützen und er war noch buckeliger als die Landstraße.

Holzschuhe waren aber auch leicht kaputtbar – würde man heute sagen. Manchmal war die Trittfläche, die »Sohle«, so glatt und dünn, dass ich damit schnell ausrutschte und beim Radfahren höllisch aufpassen musste, dass ich nicht von der Pedale glitt. Ich hatte immer den Eindruck, dass besonders *meine* Holzschuhe nicht lange hielten. »Lass mal sehen. Das kann doch nicht wahr sein, dass du die Hölzken schon wieder durch hast. Du solltest endlich mal etwas ruhiger werden und nicht immer so wild!«

Dass ich die Schuhe auch zum Werfen benutzte, wusste ja nur Irmgard und die verpetzte mich nie. So bekamen die Holzschuhe Risse. Dann waren sie undicht und ich bekam nasse Füße. Das Leder riss auch oft ab, dann konnte ich nur noch humpelnd vorwärtskommen. Der einschlagende Nagel an der Seite konnte scheuern und Schmerzen verursachen. Dünne, glatte Sohlen waren im Winter allerdings ideal zum Glitschen auf den gefrorenen Eisflächen der Felder und Weiden. Von den Folgen wird noch die Rede sein.

Und, wie gesagt, wie war es auf dem Schulhof? Da nie eine Aufsicht sichtbar war, verleiteten die Holzschuhe zum Toben und Kämpfen, zum Werfen. Ja, das machte ich als Mädchen im Gegensatz zu meiner Schwester immer gern mit, wenn ich herausgefordert wurde.

Offiziell war das Werfen mit Holzschuhen auf dem Schulhof natürlich bei empfindlicher Strafe verboten (ich hätte hundertmal »Ich darf auf dem Schulhof nicht mit Holzschuhen werfen!« schreiben müssen). Ich wurde aber nicht dazu verdonnert, weil ich mich nicht erwischen ließ.

Wasser

Auf meinen Spaziergängen komme ich heute immer an einem Kindergartenspielplatz vorbei. Dort steht eine Pumpe mit einem kaskadenförmigen Wasserbecken. Das unterste Becken kann man verschließen oder das Wasser frei in einen Eimer oder den Sand laufen lassen. Diese Ecke des Spielplatzes ist immer stark von den Kleinen umlagert.

Früher ging man mit dem Wasser eher sparsam um. Jeder Hof hatte seinen eigenen Brunnen. Das Wasser wurde mit dem Eimer, der an einer Spule befestigt war, ungefiltert an die Oberfläche befördert. Bei einem der Nachbarn stand der Brunnen sogar offen, war also nicht mit Brettern abgedeckt oder sonst wie verschlossen, was etwas Besonders war. »Geht nicht bei Tellmanns so nah an den Brunnen! Nicht, dass da noch mal jemand reinfällt!« Das Ertrinken stellte ich mir schrecklich vor und so machte ich immer einen großen Bogen um den Brunnen.

Im Sommer mussten wir alle sparsam mit dem Wasser umgehen, damit die Pumpe nicht ausfiel. Die Großmutter meines Mannes strich bei Wasserknappheit Senf an die Pumpenöffnung, um die Kinder vom »unnützen« Wassertrinken abzuhalten.

Im Alltag gab es zum Mittagessen kein Getränk.

Wie habe ich das früher in der Liebfrauenschule in Cloppenburg nur ausgehalten, mit nur einem einzigen trockenen Butterbrot in der Schultasche? Ehrlich gesagt, bei heißem Wetter musste ich in der Schule wirklich hecheln, bis ich an klares kaltes Wasser aus dem Kran kam. Und dann noch der Rückweg mit dem Rad: neun Kilometer ohne einen Tropfen Wasser.

Und der Wasserverbrauch beim Spülen des Geschirrs? Es wurde nicht so viel Geschirr wie heute benutzt. Alle Gerichte wurden werktags von einem tiefen Teller, einem Suppenteller, gegessen, ja, auch der Nachtisch. Meistens waren das eingemachte Früchte aus dem Glas. Nur an hohen Festen und bei Feierlichkeiten benutzte man Dessertteller und Kristallgläser. Wir Kinder kamen nie in den Genuss des »besten« Geschirrs, sondern wurden in der Küche am Katzentisch abgespeist.

Welches Geschirrmittel gab es damals? Ich weiß es nicht. Aber beim Abtrocknen rochen die Teller doch relativ frisch. Wahrscheinlich hat Mutter einen Spritzer Essig oder Zitrone benutzt. Immerhin wurde früher mit heißem Wasser gearbeitet – auf der anderen Seite aber auch mit dem Spültuch, sprich »Schüsseltuch«. Dieses Schüsseltuch stank fürchterlich, denn es wurde für alle denkbaren Reinigungsarbeiten im Haushalt verwendet. Die Reihenfolge beim Spülen hingegen war genau festgelegt. Zuerst kamen die Teller dran, dann das Besteck, zuletzt wurden die Schüsseln gespült.

Das Spülen übernahm meistens Mutter, wir Kinder mussten abtrocknen, die Tante war mit dem Reinigen der Töpfe und des Herds beschäftigt. Mutter räumte die abgetrockneten Teller in den Schrank, solange wir noch zu klein dafür waren.

Das Spülwasser wurde nicht einfach weggegossen, sondern in den Garten ausgebracht. Wir Kinder gingen bewusst sparsam mit dem kostbaren Nass um, selbst beim Spiel im Sandkasten trauten wir uns nicht, nur eine Tasse Wasser für den Häuserbau zu verwenden.

Vollbäder in der Wanne gab es im Sommer nicht. Jeder konnte sich ja mit kaltem Wasser an der Pumpe reinigen.

ALLTAG

Einmal war ich ein paar Tage bei Tante Lisbeth in Münster zu Besuch. Dort lernte ich Karin kennen, die gleichaltrig war und im Haus meiner Tante im Obergeschoss wohnte. Am Sonntagmorgen, als Karin mich zum Gottesdienst abholen wollte, machte ich große Augen, als sie in der Tür stand. Ich schaute sie von oben bis unten an und konnte mich nur wundern. Karin trug ihr Alltagskleid. Das war nicht zu fassen!

Alltag oder Sonntag, das waren für mich ganz unterschiedliche Tage – schon allein der Kleidung wegen. Auf den Sonntag freute ich mich immer wegen der frischen Wäsche, der Strümpfe und des Sonntagskleides. Aber Karin besaß augenscheinlich kein Sonntagskleid. Ich hatte doch extra mein bestes Kleid nach Münster mitgenommen! Karin tat mir leid. Ich dachte:

»Wie schade! Keine Vorfreude auf den Sonntag so wie bei mir. Ja, kann sie sich denn nie auf den Sonntag freuen, wenn sie keine Sonntagskleidung hat? Dabei sind ihre Eltern doch nicht arm.«

Als ich mit Tante Lisbeth am Nachmittag darüber sprach, erfuhr ich, dass dieses Stadtkind seine Kleidung jeden Tag selbst aussuchen durfte und nicht zwischen Sonntags- und Feiertagskleidung unterschieden wurde. Ich war mir sicher, dass es Gott sei Dank bei uns anders zuging und ich besser dran war.

Alltag: das tägliche Einerlei mit Alltagskleidung und später einer Garnitur Schulkleidung. Eine beste und eine Alltagsschürze zum Kleid. Mutter legte die Kleidung immer auf den Stuhl vor dem Bett ab, Wahlmöglichkeiten gab es nicht.

So wie die Kleidung unterschied sich auch das Alltagsgeschehen auf dem Lande nach dem Krieg nicht wesentlich von dem vor dem Krieg. Auf dem Land waren die bäuerlichen Betriebe relativ autark, als die Infrastruktur am Boden lag. Die

Sonntagskleider anlässlich der Hochzeit von Tante Agnes.
V.l.n.r.: Irmgard, Hedwig und Maria Rechtien

Flüchtlinge aus Ostpreußen, die Warnstedt zugeteilt worden waren, waren in Notunterkünften untergebracht, gegenseitige Anteilnahme zwischen Einheimischen und Geflüchteten gab es wenig, Mitleid miteinander zeigte man kaum. Die Arbeit hatte immer Vorrang.

Wir bekamen eine Gräfin zugeteilt, die vollen Familienanschluss hatte, aber gleich nach Kriegsende zu einer Wohnung in Cloppenburg wechselte. Mit uns Kindern beschäftigte sie sich nicht, weil sie kein Plattdeutsch verstand. Mir kam sie immer wie ein Fremdkörper im Haus vor. Ich glaube, ich habe sie nie angesprochen. Mutter sorgte sich um sie und machte ihr auch die Wäsche. Das hatte die Gräfin nie gelernt.

Unser Dorf gehörte zur britischen Besatzungszone. Ich kann mich erinnern, dass dort aber nur ein einziges Mal CARE-Pakete ankamen – und dann von den Amerikanern. Meine Schwester sollte ein Paket in der Schule in Empfang nehmen. Dazu zog sie ihren besten roten Mantel an, den sie von Tante Lisbeth geschenkt bekommen hatte. Ich hatte noch nie im Leben einen so schönen Mantel gesehen und konnte nicht fassen, dass Irmgard so etwas Schönes tragen durfte. Ja, ich war im Geheimen neidisch und fühlte mich wieder einmal benachteiligt.

Bei der Übergabe des CARE-Paketes wurde Irmgard oben auf die Schulbank gesetzt. Hinterher war der schöne Mantel voller Tintenflecken, denn damals waren die offenen Tintenfässer noch in die Bank eingelassen, da die Schüler mit dem Federhalter schrieben. Irmgards roter Mantel war also blau gefärbt und ich hatte keinen Grund mehr eifersüchtig zu sein.

Ansonsten hielt der öde Alltag keine Höhepunkte für uns Kinder bereit.

Für Mutter begann der Morgen immer um sechs Uhr. Sie zitierte oft das Sprichwort: »Der frühe Vogel fängt den Wurm.«

Zuerst machte sie das Feuer im Herd an und stellte den Wasserkessel auf, um heißes Wasser zum Waschen zu haben. Dann weckte sie Tante Agnes und beide stärkten sich mit einem Zwieback und einer Tasse heißer Milch, bevor es an die Versorgung von Kühen und Schweinen ging. Beim Melken in der Weide war es frühmorgens oft noch sehr frisch. Die Milch wurde anschließend gefiltert und die Kannen dann an die Straße gestellt. Meistens wurde ich vom Klappern der Milchkannen wach und durfte dann auch aufstehen. Danach folgte das eigentliche Frühstück – Muckefuck für die Erwachsenen, für uns Kinder eine Tasse heißer Milch –, bevor die Arbeit des Tages begann. Die Pfannkuchen, die es dazu gab und die sehr fettig waren, weil sie mit Speck angebraten wurden, bekamen mir oft nicht gut.

Da es an fünf Tagen in der Woche Eintopf gab, nahm die Vorbereitung des Mittagessens nicht so viel Zeit in Anspruch. Der Gemüseeintopf mit der Fleischeinlage köchelte den ganzen Morgen auf dem Herd, bis dann um zwölf Uhr das Mittagessen anstand. Danach wurde gespült und – bis auf die Zeit während der Getreideernte – eine Stunde Mittagspause gehalten, mit Zeitunglesen und kurzem Nickerchen im Sitzen. Für uns Kinder bedeutete das, dass wir uns verziehen und möglichst still verhalten mussten. Ich suchte dann immer meine geheimen Plätze auf, die ich noch beschreiben werde. Wenn Regen oder Unwetter drohte, musste die Mittagsstunde ausfallen, damit Heu oder Stroh noch rechtzeitig eingefahren werden konnten.

Eine Tasse Kaffee mit einem Zuckerzwieback beendete die Pause. Dann wurde die Arbeit fortgesetzt – bis zum Vesperbrot gegen vier Uhr. Gegen sechs Uhr mussten wir Kinder im Sommer die Kühe in der Weide nach vorne zum Melken treiben. Manchmal sollten wir auch die Fliegen, wenn sie besonders bissig waren, von den Köpfen der Kühe verscheuchen. Dabei kam es schon vor, dass eine Kuh davonrannte und den ganzen Melkeimer umstieß. Was für ein Malheur! Wir kannten das Temperament der einzelnen Kühe genau. Es gab eben leicht reizbare und aber auch geduldigere Typen genau wie bei uns Menschen. Nach dem Melken wurden die Kannen für den Abtransport am nächsten Morgen fertig gemacht. Mutter stellte sie zum Kühlen in eine Wanne mit kaltem Wasser, aber bei großer Hitze wurde die Milch dann oft schlecht und kam am nächsten Tag von der Molkerei zurück. Noch ein Malheur! Am Abend gab es die Reste vom Mittagseintopf und immer eine Milchsuppe, die später mit Puddingpulver angedickt und in die hartes Brot gebröckelt wurde. Brot wurde nie weggeworfen. Die Katzen, die Hühner und Prinz, der Hofhund, waren immer die letzten Verwerter.

Jeder Tag war so zeitlich durch die Mahlzeiten strukturiert. Wir Kinder hatten dazwischen unsere kleinen Pflichten zu erledigen – wie Tisch decken, abräumen und abtrocknen, etwas aus dem Garten holen, Eier suchen, Feuerholz besorgen, Hühner, Katzen und Hund füttern, Wäsche abnehmen, Wasser pumpen in der Weide und so weiter. »Ihr könnt wohl eben mal …« hieß es dann immer. Mit *ihr* waren meistens Irmgard und ich gemeint. Hedwig wurde wegen ihrer Unterernährung und ihres Entwicklungsrückstandes in diese Aufgaben nicht mit einbezogen.

Ganz wichtig aber im katholischen Südoldenburg: Den Rahmen beim Mittag- und Abendessen bildete immer das gemeinsame Gebet. Mutter betete vor und wir antworteten. Erst nach dem Gebet durften wir vom Tisch aufstehen.

Das Gebet begleitete uns den ganzen Tag. Das Morgengebet wurde laut in der Küche beim Flechten der Zöpfe gesprochen, beim Abendgebet stand Mutter noch kurz am Bett, um danach das Federbett noch einmal aufzuschütteln und uns zuzudecken. In jedem Schlafzimmer war an der Tür ein kleines Weihwasserbecken zum Bekreuzigen angebracht. »Geh ohne Gebet und Gottes Wort niemals aus deinem Hause fort.« Diese geregelten Abläufe des Tages wurden von mir nicht in Frage gestellt.

Aber vor dem Einschlafen stellte ich mir die Engelschar vor, die mich in den Schlaf begleiten würde. Von Tante Lisbeth hatte ich den Abendsegen von Engelbert Humperdink aus »Hänsel und Gretel« kennengelernt. Himmlisch, so behütet einzuschlafen!

Abends, wenn ich schlafen geh',
vierzehn Engel um mich steh'n,
zwei zu meinen Häupten,
zwei zu meinen Füßen,
zwei zu meiner Rechten,
zwei zu meiner Linken,
zweie, die mich decken,
zweie, die mich wecken,
zweie, die mich weisen
in des Himmels Paradeisen.

WEGE

Wege, die man gefühlt tausendmal gegangen war, waren für mich als Kind Lieblingswege, weil ich sie blind gehen konnte. Ich hatte mir, als ich noch nicht in der Schule war, wenigstens zwei zu eigen gemacht. Meistens waren diese Wege mit einer Tätigkeit verbunden, die die Erwachsenen angeordnet hatten. Barfußlaufen war angesagt, sobald man den ersten Storch gesichtet hatte – so der Volksmund. Das dauerte und dauerte aber. Wie froh war ich, wenn ich dann endlich die Kniestrümpfe gegen Söckchen eintauschen durfte. »Ihr könnt wohl schnell eben in der Weide den Trog vollpumpen! Ihr habt ja die jüngsten Beine!« So lautete Mutters Aufforderung. Im Sommer, in der dürren Hitzeperiode, hörten wir Kinder diese Bitte nicht ungern, denn so konnten wir uns wenigstens eine Stunde lang anderen Anforderungen entziehen.

Der erste Weg

Auf geht es, den Grasweg am Garten entlang und schon stehen wir vor der großen Pforte zur Weide. Gott sei Dank ist unser Nachbarjunge Siegfried auch gekommen und jetzt mit dabei. Eins, zwei, drei! Flink klettern wir über drei Holme zur Weide; die Holme sind vom häufigen Übersteigen schon blank gescheuert. Der Absprung von oben gelingt. Nein, kein Fuß verknackst! Jetzt den graslosen, von den Kühen ausgetretenen kleinen Pfad an den dicken Eichen entlang und geradeaus, bis sich die Weide in ihrer ganzen Breite öffnet. Dann die Pumpe anpeilen. Wer ist zuerst da? Wir rennen um die Wette. Immer. »Erster!«, rufe ich. Schnell den Durst löschen! Leider ist nicht mehr viel Wasser im Trog. Dann lieber warten, bis die anderen angekommen sind.

Jeder muss zwanzig Mal den Pumpenschwengel rauf und runter bewegen, damit die Tränke halbvoll wird. Und dann? Soll ich die anderen noch mit kaltem Wasser bespritzen? Und danach? Wir überlegen gemeinsam. Die Zeit in der Weide müssen wir ausnutzen, bevor die Erwachsenen sich wieder neue Arbeiten für uns ausdenken. Vor uns wiederkäuend die Kühe im Gras. Wie wär's mit Kuhreiten? Das erfordert schon viel Mut …

Ich probiere es bei Alma, Irmgards Kuh. Sie ist eigentlich das ruhigste Tier. Es ist schön, sich beim Aufsetzen an den warmen Körper zu schmiegen. Juchhu, ich reite! Ich reiße vor Freude die Arme hoch. Aber das ist Alma wohl lästig. Sie steht langsam auf, ich rutsche unwillkürlich nach vorn und lande in einem frischen Kuhfladen. Irmgard und Siegfried lachen, aber richtig schadenfroh sind sie nicht. Sie haben sich ja nicht getraut. Dass ich von Almas Rücken rutschen würde, damit musste ich rechnen, aber besonders gefährlich war es nicht. Notdürftig säubere ich mich am Wassertrog. Dann vertrödeln wir den Rückweg. »Ihr wart aber lange unterwegs. Ist der Trog auch wirklich voll?« Wir nicken. »Na gut. Dann könnt ihr jetzt mit Siegfried im Garten spielen.«

Das war also der erste Weg, den wir mindestens jeden zweiten Tag zu gehen hatten.

Der zweite Weg

Dann ist da der zweite Weg, den ich aber einmal wöchentlich ganz allein gehen muss. Er ist kürzer und ungefährlicher als der Weg in die Kuhweide, aber auch mit Ängsten verbunden. Der Weg führt über unseren Hof an der Mauer von Menkens Scheune entlang, dann über den Vorplatz der Mühle, an Menkens Wohnhaus vorbei und rechts durch den Garten – oder links an der Straßenseite entlang.

Jetzt stehe ich vor der hölzernen zweiflügeligen Haustür, die direkt ohne Vorraum in die Küche führt. Ich muss nämlich einmal wöchentlich das Kirchenblatt zum Nachbarn rüberbringen. Vor die Tür legen, nein, das geht nicht, und einen Briefkasten gibt es eh nicht. Mit klopfendem Herzen stehe ich vor der Tür. Ich horche. Nichts zu hören. Waffenstillstand im Hause Menken? Oft vernehme ich nämlich Schimpfen oder sogar Gebrüll, dann weiß ich, dass der Vater, Bäckermeister und Müller, sich auch in der Küche aufhält. Davor habe ich Angst, große Angst. *Hoffentlich ist er heute nicht da! Warum muss ich auch immer das blöde Kirchenblatt rüberbringen! Das kann doch auch einmal*

Irmgard machen! Gemein! Die Großen denken immer, dass ich mutiger bin als meine Schwester, also bekomme ich immer wieder die unangenehmen Aufgaben zugeteilt.

Ich stelle mich auf die kleine Stufe vor dem Eingang und horche noch einmal. Es ist ruhig. Also klopfe ich an die Tür und warte, während mein Herz laut schlägt. Die freundliche Nachbarin Sefa, Namensvetterin meiner Tante, die wir aber schlicht und einfach »Tante« nennen, öffnet die Tür, sieht mich und lädt mich ein, hereinzukommen. Jetzt stehe ich mitten in der Küche, komme mir ganz verloren vor, bleibe aber stehen, weil man das so macht. »Nun schneide ihr doch schon 'ne dicke Scheibe ab!«, brummelt der Hausherr, der auf der Eckbank beim Vesperbrot sitzt – etwas unwirsch nach meinem Gefühl. Ich wage gar nicht, ihn in den Blick zunehmen. Ist er erzürnt, warum spricht er in diesem Ton? Ich beziehe den scharfen Ton sofort auf mich. *Habe ich etwas falsch gemacht? Ich will doch nicht betteln. Wie soll ich nur aus dieser Nummer wieder rauskommen?*

Sefa nimmt unbeeindruckt das ganze Brot an die Brust, schneidet eine große Scheibe ab und bestreicht diese dick mit Butter. Dazu muss man wissen – eine Brotschnitte war in der Nachkriegszeit eine Kostbarkeit und wurde somit gerne als Belohnung an stets hungrige Kinder ausgegeben. An Butterbroten konnte ich mich zu Hause nicht satt essen, sie wurden zugeteilt. Eine Roggenbrotschnitte wurde immer mit einer halben Schwarzbrotschnitte darauf gereicht, meist ohne Aufschnitt.

Ich schaue Sefa an. Wird sie noch Zucker aufs Brot streuen? Nein, dieses Mal nicht. Schade! Schließlich aber bekomme ich ja eine dicke Weißbrotschnitte, sozusagen ein Sonntagsbutterbrot, Weißbrot statt Roggenbrot. Artig mache ich einen Knicks und bedanke mich. Und schon bin ich zur Türe hinaus. Auf dem kurzen Weg bis zur unserer Haustür verspeise ich genüsslich das leckere Brot. Hasso in der Hundehütte bekommt das letzte Stück von der Kruste. Ich kann aufatmen. Der Weg zu Menken hat sich gelohnt. Schon allein wegen des leckeren Brotes möchte ich doch wohl nicht auf diesen Weg verzichten.

Mein Lieblingsweg

Er hat kein Ziel. Er gehört mir ganz allein. Am schönsten ist er im Juni, wenn der Roggen blüht und ich schon barfuß laufen darf. Ich schleiche mich am Morgen ungesehen von zu Hause fort. Das ist nicht schwer, wenn die Erwachsenen alle voll mit Arbeit beschäftigt sind. Mein Weg führt durch zwei Getreidefelder hindurch. Zu beiden Seiten wogen die Ähren, sie neigen sich mir zu und verbreiten einen Duft, den ich ein Leben lang mit einem Hochgefühl verbinden werde. Ein Ende meines Weges ist nicht abzusehen. Darüber der wolkenlose blaue Horizont. Das Gras und die Löwenzahnkelche, die ich vorsichtig mit den Zehen gestreift und die sich schon wieder aufgerichtet haben, duften nach Frische. Himmlisch! An beiden Seiten meines unberührten Weges leuchten wilde Mohn- und blaue Kornblumen, ein wunderbarer Farbkontrast zum gelbgrünen, reifenden Roggenfeld.

Ich halte inne. Jetzt bin ich an meinem Lieblingsplatz angelangt. Ich nenne ihn den »Häschen-Platz«. Ganz vom wogenden Meer der Getreidehalme umgeben. Über mir nur der tiefblaue Himmel. Langsam strecke ich mich auf dem Boden aus, schließe die Augen und atme den vollen Duft des Sommers ein.

Eine sanfte Brise streichelt mein Gesicht. Ich bin ganz eins mit meiner Umgebung: Durch die geschlossenen Augenlider finden die Sonnenstrahlen ihren Weg und erfüllen mich mit rötlichem Glanz und wohliger Wärme. Ich verschmelze mit meiner Umgebung und möchte gar nicht wieder aufwachen, einfach nur träumen und träumen, träumen.

Siebzig Jahre später höre ich im Radio ein Gedicht von Arno Holst: »Mählich durchbrechende Sonne«. Selig ob des ähnlichen Erlebnisses kann ich meinen kindlichen Sommerfreuden noch einmal nachspüren:

Schönes,
grünes, weiches
Gras.

Drin
liege ich.

Inmitten goldgelber
Butterblumen!

Über mir … warm … der Himmel:

Ein
weites, schütteres,
lichtwühlig, lichtblendig, lichtwogig
zitterndes
Weiß,
das mir die
Augen
Langsam … ganz … langsam
schließt.

Wehende … Luft … kaum merklich
ein Duft, ein
zartes … Summen.

Nun

bin ich fern

von jeder Welt,

ein sanftes Rot erfüllt mich ganz, und

deutlich … spüre ich … wie die

Sonne

mir durchs Blut

rinnt.

Minutenlang.

Versunken

Alles … Nur noch

ich.

Selig!

GROSSE BOHNEN

Das Mittagessen ist für mich so manches Mal mit Ekel und Widerwillen besetzt, weil ich den Eintopf, der uns fünfmal in der Woche vorgesetzt wird, nicht besonders mag. Dann heißt es immer: »… probieren, wenigstens drei Löffel voll.« Eintopfgemüse, das sind: Große Bohnen, Erbsen, Weißkohl, Wirsingkohl, Möhren, Schnippelbohnen, auch Fitzebohnen genannt, Steckrüben und Graupen. Im Frühjahr Giersch, im Herbst Grünkohl und im Winter Weißkohl, der im Fass haltbar gemacht wird.

Am Freitag gibt es immer Kartoffeln mit Soße und manchmal vielleicht noch ein Spiegelei oder Rühreier dazu. Die Soße wird in der Pfanne mit ausgelassenem Speck und Mehl zubereitet, dazu kommt zum Grünen Salat der Rahm. Das Sonntagsessen ist etwas üppiger, besonders, wenn gerade geschlachtet wurde.

Montags bis freitags aber graut mir am meisten vor den Großen Bohnen.

Heute herrscht wieder so ein ekliger Geruch in der Küche. Es gibt Große Bohnen. Wie soll ich das Mittagessen nur überstehen? Schon den ganzen Vormittag versuche ich die Tante umzustimmen, damit sie für uns ein paar Kartoffeln extra kocht.

»Die Gräfin mag doch sicher auch keine Bohnen?«, wage ich noch einzuwenden.

»Da irrst du dich, Maria. Die Gräfin mag unseren deftigen Eintopf sehr gern«, antwortet Tante Sefa.

Als sie dann aber alle geschälten Kartoffeln in den Gemüseeintopf gibt, sind auch meine letzten Hoffnungen begraben. »Stell dich nicht so an, Maria, ein paar Löffel voll kann jeder essen. Ihr bekommt auch ein paar Birnen dazu.« Das will heißen, dass die Tante noch ein paar Birnen kochen wird, die uns das Gemüse versüßen sollen.

Wir sitzen aufgereiht auf der Küchenbank und das Gemüse dampft aus der Schüssel. Die Nase zuhalten darf ich mir nicht, das gehört sich nicht. Jetzt muss ich meinen Teller anreichen. Ich bekomme einen Schlag Gemüse mit Kartoffeln und nehme eilig meinen Teller zurück, damit ich nicht noch einen Nachschlag kriege.

Ich sehe mir die Landschaft auf dem tiefen Teller an. Die dicken, ekligen, gekochten, braunen Bohnen werde ich auf keinen Fall essen. Das steht fest. Die werden erst mal mit dem Löffel auf einen Haufen an den Tellerrand geschoben. Jetzt kommen die Überlegungen zum Rest, zu der übriggebliebenen Bohnensuppe. Es schwimmen ziemlich große Kartoffelstücke in der Suppe, die nicht verkocht sind. Vielleicht kann ich die auf den Tellerrand rücken, dann können sie etwas trocknen und der Gemüsegeschmack kommt nicht mehr durch? Das mache ich sofort. Aber da bleibt immer noch die Gemüsesuppe in der Vertiefung. Ich nehme ganz mutig einen Löffel voll, aber ich kann den Löffel einfach nicht zum Mund führen. Riecht überhaupt nicht lecker! Dann doch lieber ein Kartoffelstück probieren. Na ja, das geht so … aber – o Schreck! Dabei ist der ganze Kartoffelberg nach unten in die Suppe gerutscht.

»Maria, essen nicht vergessen. Los! Ein bisschen kannst du doch wohl.«

Tante Sefa hat mich die ganze Zeit aus den Augenwinkeln beobachtet. Ich probiere einen Löffel voll Suppe mit Kartoffeln. Etwas abgekühlt schmeckt das Ganze doch besser als angenommen und auch mehr nach Kartoffeln. Schnell noch die anderen Stückchen mit der Suppe nachschieben. Drei große Löffel voll! Geschafft. Ich bin unendlich erleichtert.

Die Erwachsenen haben augenscheinlich ihre Hauptmahlzeit auch beendet, denn jetzt kommen die gekochten Birnen als Nachtisch auf den Teller. Die Birnen wurden nicht extra geschält, sondern im Ganzen gekocht, weil sie relativ klein sind. Jede bekommt fünf. Das ist meine Chance. Die grüne Schale mit dem Löffel abstreifen, abpellen und das Birnengehäuse freilegen. Die Schale und den Kern kann man nicht essen, das ist doch wohl klar. Ja, und was mache ich dann mit dem ganzen Abfall? Keine Frage: Ich decke mit dem Berg die dicken Bohnen zu. Fertig! Jetzt schaue ich mir den fast leeren Suppenteller noch einmal an. Keine Bohne mehr zu sehen! Hervorragend. Ich kann genüsslich den süßen Rest der Birnen verspeisen.

Alles eine Frage der Logistik.

Mutproben – ihnen stellten wir Kinder uns im Alltag immer wieder. Warum? Nun, um den anderen etwas zu beweisen, eine bewusst oder unbewusst gezogene Grenze zu überschreiten, die Rangordnung in der Spielgemeinschaft zurechtzurücken oder neu zu ordnen, sich gegen die Gesetze der Erwachsenenwelt aufzulehnen oder sie zu unterlaufen, Neugierde auf ein neues Lebensgefühl, einfach Spaß zu haben, sich ein unbekanntes Territorium zu erschließen … Es gab viele Gründe.

Unsere Mutproben waren nicht lebensgefährlich.

Wer traut sich, durch einen Graben mit einem Entwässerungsrohr zu kriechen, im Sommer natürlich, wenn kein Wasser drin ist? Ich habe diesen Vorschlag gemacht, also muss ich auch als Erste ran. Das erwarten Irmgard und Siegfried von mir. Ich überlege: Zuerst vorsichtig in den Graben steigen, sich vor dem Rohr auf den Bauch legen, und in den dunklen Tunnel spähen. Kann man das Ende ausmachen? Bleibt der Durchmesser gleich groß oder wird das Rohr enger? Dann hieße es nämlich den ganzen Weg rückwärts zu robben, sich selbst wieder hinauszuschieben. Womöglich stecke ich aber fest und bekomme keine Luft mehr? Nein, das kann eigentlich nicht passieren. Dann also einfach mit dem Abenteuer beginnen.

Ich lege mich hin und schiebe mich mutig eine Bauchlänge lang hinein. Nur Dunkelheit rundherum, nur das hohle Echo der eigenen Stimme. Unheimlich. Nein, ich bekomme Herzklopfen! Schnell wieder zurück – an die freie Luft, ins Helle. Einmal durchatmen. Die anderen anschauen und stolz lächeln. Der Triumph bleibt für einen Moment. Ich habe gezeigt, dass ich mir etwas zutraue.

Die nächste Mutprobe ist nicht unbedingt gefährlicher, aber vor einem größeren Publikum zu bestehen, nämlich vor den gleichaltrigen Mitschülern und Mitschülerinnen, die sich nach dem Kirchgang immer an der Bäke, einem schmalen Bach, der die Grenze zwischen Warnstedt und Elsten bildet, treffen. Jeden Sonntag heißt es dann: Wer kann den schmalen Pfad unter der Brücke passieren, ohne in der Bäke zu landen? Das traut sich doch jedes Kind, auch in Sonntagskleidung?

Ich werfe das Fahrrad achtlos auf die Böschung, ziehe die Schuhe aus und gehe hinunter zum Bach. Die Bäke ist nicht tief. Ich kann bis auf den Grund sehen. Der kleine Pfad unter der Brücke fällt etwas schräg ab, er ist glatt, zubetoniert und mit Brennnesseln bewachsen.

Heute sind wir drei Mädchen und vier Jungen. Ein Junge traut sich schon – die Hände auf dem Rücken –, an der inneren Betonmauer unter der Brücke entlangzutappen. Jetzt ist er bei den Brennnesseln angelangt. Mutig tippelt er mit einem leichten Schritt zur Seite, dann auf Zehenspitzen kurz durchs Wasser und schon, mit ein paar raschen Schritten, hat er die andere Brückenseite erreicht. Er hebt die Arme. Juchhu! Geschafft.

Jetzt gibt es für alle anderen kein Halten mehr. Wir bilden eine Reihe und eine Polonaise unter der Brücke her beginnt. »He! Nicht anfassen! Nicht schubsen!« Aber das alles sind nur Vorwände, um im kalten Wasser planschen zu können, wir müssen doch den Brennnesseln ausweichen. Mein Kleid wird bis zu Taille nass. Ein Grund, schnell aus dem Wasser zu steigen, sich ins Gras zu setzen und sich von der Sonne trocknen zu lassen, bevor wir endlich den Heimweg antreten. Stolz bin ich doch. Für heute etwas geschafft. In der Gemeinschaft der Mutigen angekommen.

Eine Mutprobe anderer Art, die besonders unserem Freund Siegfried Freude machte, war diese: Die Konfrontation mit den

Jungbullen in der Weide. Jungbullen und ausgewachsene Bullen brauchen eine eigene Weide. Logisch! Wenn sie genug zu fressen haben, verhalten sie sich wie Milchkühe, ganz friedlich. Es geht keine Gefahr von ihnen aus. Aber es kann auch vorkommen, dass sie uns Kindern, wenn wir an der Weide entlangstreifen, folgen und laut brüllen. Liegt das an der rötlichen Kleidung oder an der Begleitung von Harras, unserem Hofhund? Es ist schon beängstigend zu sehen, welche geballte Kraft und Wildheit in den Bullen steckt, wenn sie schnaufend am Zaun entlangstürmen. Ist das eine Herausforderung für uns? Eine Mutprobe wert? Sollen wir das gefährliche Territorium betreten, um zu sehen, was dann passiert? Einen Versuch wäre es wert, Siegfried hat ohnehin keine Angst vor dem Vieh. Aber wer will schon auf die Hörner genommen werden? Wir treffen Vorüberlegungen. Wie viele Schritte braucht man an der schmalsten Stelle zum Durchqueren der Weide? Sollte man zur Sicherheit einen dicken Knüppel mitnehmen? Und überhaupt: Wer trägt heute die richtigen Farben? Rot geht gar nicht. Das ist bekannt.

Wir schauen uns gegenseitig an. Heute ist niemand auffällig gekleidet. Und Harras ist auch nicht dabei. Also wollen wir uns alle gemeinsam dieser Mutprobe stellen. Nacheinander kriechen wir unter dem Draht durch, überqueren langsam und ohne Hektik, aber mit klopfendem Herzen, die drei Bullen im Blick behaltend, die Weide. Nichts passiert. Jetzt schnell die letzten Schritte, unter dem Draht durch! O weh, mein Schürzenträger bleibt hängen und reißt. Egal, wir sind sicher auf der anderen Seite angelangt und sitzen erleichtert im Gras. Allesamt Helden! Eine Frage bleibt offen. Wie wird der Rückweg gelingen? Da halten wir es mit der Bibel, mit den Königen aus dem Morgenland: »... und sie kehrten auf einem anderen Weg in ihr Reich zurück.«

Mutproben dachten wir uns jeden Tag aus. Ich liebte es, in hohe wilde Kirschbäume zu klettern. Auch von wilden Kirschen konnte man satt werden. Und von oben aus eröffnete sich eine neue Perspektive auf »die da unten«.

Ich wollte mich immer gern hervortun und besonders mutig erscheinen, wenigstens vor Irmgard und Siegfried. Wer traut sich mit den Winterklamotten und Holzschuhen über den einen Meter breiten Wassergraben bei Menken zu springen? Keiner? Der Graben ist zu breit und satt mit Eiswasser gefüllt. Na gut! Ich muss es versuchen. Heute habe ich einmal wieder das Gefühl, mich beweisen zu müssen, gegen alle Vernunft. Ich nehme einen langen Anlauf und – schwupp! – lande ich im eiskalten Wasser. Der Versuch ist missglückt und endet zu Hause mit Schimpfe. Die nassen Sachen werden ausgezogen und müssen am Ofen trocknen. Da ich keine Sachen zum Wechseln habe, muss ich zur Strafe ins Bett und abwarten, bis alles aufgetrocknet ist.

Eine letzte Mutprobe stand immer oben an, wurde aber Gott sei Dank nie ausgeführt.

Wer traut sich in der Scheune bei Menken über einen frei stehenden, fünf Meter langen, schmalen Balken zu balancieren? Wenn ich mir die Auswirkungen heute plastisch vorstelle, bekomme ich immer noch eine Gänsehaut. Das hätte tödlich enden können, wenn man mit dem Kopf aus zwei Metern Höhe auf den harten Betonboden aufgeschlagen wäre. Unvorstellbar, dieser Leichtsinn. Auf dem Balken habe ich zwar Platz genommen. Aber mich aufzurichten und dann mich vorsichtig tastend mit den Füßen weiterzubewegen, so weit ist es doch nicht gekommen. Da muss wohl der Schutzengel in der Nähe gewesen sein – oder war es der gesunde Menschenverstand?

Im Herbst werden alle haltbaren Äpfel gepflückt und von Mutter im Schlafzimmer oben auf den Kleiderschrank gelegt. Beim Durchqueren des Raumes kann ich stets den köstlichen Apfelduft wahrnehmen, der noch lange anhält.

Jetzt ist es November und es wird schon recht früh dunkel. Die Tage werden zu meinem Leidwesen immer kürzer, die Dunkelheit immer länger. Dunkelheit, wenn ich aufwache, Dunkelheit beim Einschlafen. Ich fürchtete mich vor dem Dunkel. Wir sind im Wohnzimmer um den Esstisch versammelt. Und dann fragt Mutter auch noch in die Runde: »Wer holt mir wohl einen Apfel aus dem Schlafzimmer?«

Hedwig scheidet von vornherein aus. Sie ist zu klein, um an die Äpfel, die Mutter im September auf den Kleiderschrank gelegt hat, heranzukommen. Irmgard rührt sich nicht. Alle Blicke sind auf mich gerichtet. Aber am fortgeschrittenen Abend erscheint mir der Weg im Dunkeln unzumutbar, denn das Licht wird immer überall, wo man sich nicht aufhält, sofort ausgeschaltet.

Ich stelle mir die gefährlichen Abschnitte dieses Weges vor. Zuerst die Treppe vom Wohnzimmer hinunter in die große dunkle Küche. Das mag ja noch gehen, etwas Licht der matten Fünfzehner-Birne aus dem Wohnzimmer lässt zumindest die Konturen der Stufen erahnen.

Fünf Stufen hinunter, aber dann folgt das große undurchdringbare Dunkel. Was macht mir eine solch große Angst in dem dunklen Raum? Eine vorbeihuschende Maus oder gar eine Ratte, die es leider in großen Bauernhäusern auch gibt? Ach, nein, eher viele Monster, die mich ergreifen könnten, Fantasiegebilde, die ihre Arme ausstrecken und mich einfangen wollen. Ich kann ihre Gesichter nicht sehen. Aber sie sind da! Allgegenwärtig erfüllen sie den ganzen Raum. Lautlos, aber präsent. Mutter schreckt mich auf. »Maria, los! Du kannst mir doch wohl einen Apfel holen. Du bist doch nicht bange!«

Ich stehe abrupt auf, stolpere die Treppe hinunter, jetzt noch fünf Schritte bis zum erlösenden Schalter. Die Schwärze der Dunkelheit umfängt mich.

Wer rettet mich, wenn sie mich ergreift? Ich schreie instinktiv etwas grell »Ein oder zwei Äpfel?« und lege dann schnell ein paar Schritte zurück. Jetzt bin ich beim Schalter angelangt und drücke ihn herunter. Licht in der großen Küche. »Du kannst ruhig ein paar mehr mitbringen!«, schallt es aus dem Wohnzimmer. Im Schlafzimmer ist der Lichtschalter direkt an der Tür. Schnell auf die Wäschetruhe steigen und vier Äpfel in die Schürze packen. Die Truhe zurückschieben und das Licht wieder löschen. Nein, bange bin ich jetzt noch nicht, aber gleich muss ich das Licht in der Küche ja auch wieder ausmachen. Und dann heißt es wieder, sich durch die Dunkelheit bis zur Treppe zu kämpfen.

»Soll ich auch noch ein Messer mitbringen?«, rufe ich in meiner Angst in die Dunkelheit hinein. Als ich endlich die rettenden, vom Licht im Wohnzimmer erhellten Treppenstufen erreicht habe, kommt die erlösende Antwort: »Nein, brauchst du nicht. Hier ist noch eins!« Ich atme durch.

STUBENSPIELE

Im Wohnzimmer haben wir eine schwarze, gewebte Decke auf dem Tisch, mit bunten Blumen bestickt. Das ist die Alltagsdecke im Winter, weil sie nicht so schnell schmutzt. Sonntags wird sie durch eine feinere, helle und gebügelte ersetzt.

»Ihr sollt nicht immer die Decke auf den Boden werfen!
Wenn mal der Pastor kommt …«

Das wird uns jeden Tag eingeschärft. Der Pastor kommt, wenn es hochkommt – denke ich – einmal im Jahr, und dann bestimmt nicht am Abend im Dunkeln. Das kann mir aber auch ziemlich egal sein, denn ich kenne ihn nicht, da er noch nicht lange in der Gemeinde tätig ist und ich nicht zur Kirche gehen muss, da ich noch nicht schulpflichtig bin.

Wir drei sind allein in der Stube. Spielsachen haben wir nicht, ebenso wenig Bücher zum Ansehen oder die Möglichkeit, Radio zu hören.

Aber die schwarze Decke liegt noch auf dem Tisch. Schon beginnt das Spiel. Wer kann sich allein die Decke erobern? Wer steht zuerst auf der Decke? Jede von uns dreien hält einen Zipfel fest. Das ist ein einfaches Spiel ohne Regeln, das versteht auch Hedwig. Wer hat die meiste Kraft? Ein unbedachter Moment und Irmgard reißt die ganze Decke an sich. Aber schnell sind Hedwig und ich auf ihrer Seite und treten fest auf die Decke, die jetzt ganz auf den Fußboden gefallen ist. Deshalb lässt Irmgard den kostbaren Besitz los und stülpt eine Hälfte blitzschnell über mich. Ich schreie:

»Hilfe! Hilfe! Ich kriege keine Luft!«

Irmgard stört das nicht. Sie fängt an, nach mir zu greifen, und das kitzelt. Noch mehr Gelächter. Plötzlich verrutscht die Decke und fällt wieder zu Boden. Ich springe schnell darauf – mit strubbeligen Zöpfen und hochrotem Kopf.

»Pause. Pause!«, rufe ich, völlig außer Atem.

Jetzt steht auch Hedwig auf der Decke und wir alle drei prusten vor Lachen. Unentschieden, so lautet die Entscheidung, denn wir haben alle drei die Decke in Besitz genommen. Aber wir haben nicht bemerkt, dass Tante Sefa hereingekommen ist.

»Hört auf zu toben!«, schimpft sie. »Die Decke gehört auf den Tisch! Ich sage es euch zum letzten Mal! Wie sieht das denn aus, wenn mal der Pastor kommt!«

Wir schauen uns an, verziehen aber keine Miene. Wenn die Decke auf den Tisch gehört, wird uns dazu auch wohl etwas einfallen. Tante Sefa ist wieder in der Küche verschwunden.

Ein neues Spiel ist geboren. Die Decke wird nur halb über dem Esstisch ausgebreitet, sodass sie auf der einen Seite den Boden wie ein Vorhang berührt. Hedwig sitzt dahinter, ganz nah an der Decke, und darf von der anderen Seite aus angetickt werden. »Wer bin ich?« lautet die Frage. Hedwig hat nur einen Versuch, sonst wird sie von uns durchgekitzelt. Im Flüsterton frage ich:

»Wer bin ich?«

Hedwig ist nicht sicher. »Irmgard?«

Das ist falsch. Jetzt ist sie dran!

Als Hedwig gerade durchgekitzelt werden soll, ruft Tante Sefa aus der Küche: »Die Bratkartoffeln sind fertig. Ihr könnt kommen!«

Schnell wird die Decke wieder ordentlich ganz über den Tisch gezogen. Der Pastor kann gerne noch kommen.

GLASKIRSCHENZEIT

»Was du nicht willst, das man dir tu,
das füg auch keinem andern zu!«

Diese goldene Regel war einer der unanfechtbaren Grundsätze von Mutter und sie zitierte dieses Sprichwort häufig im Alltag. Und wie war das nun in unserer Familie mit den Grundsätzen der Erziehung?

Bei uns lag eine Peitsche aus Reisig ganz oben auf dem Küchenschrank. Sie wurde jedoch nie heruntergeholt. Die schlimmste Strafe war ein Klaps auf den blanken Popo, woran ich mich aber sehr wohl erinnern kann. Diese Bestrafung geschah meistens nachts, wenn ich schlaftrunken umherwandelte und »wieder zu Verstand« gebracht werden sollte. Mutter und die Tanten erzogen uns Kinder nach Prinzipien, die ihnen selbst überliefert worden waren. Erziehungsbücher gab es nicht. Und wenn? Wer hätte sie gekauft und gelesen? Die Landbevölkerung bestimmt nicht. Wir Kinder hatten uns zu fügen und anzupassen, sonst drohte uns die wohlverdiente Strafe. Es dauerte noch bis in die siebziger Jahre, bis die Prügelstrafe endlich abgeschafft wurde.

Den Anlagen und Bedürfnissen eines Kindes Raum und Vorrang zu geben, das brachten die Zeitumstände einfach nicht mit sich. Robuste Kinder überstanden diese Vernachlässigung ohne große Nebenwirkungen. Bei einem sensiblen Kind wie mir aber gab es so manchen Bruch und Zwiespalt im Alltag. *Glaskirschen bekommen Druckstellen, wenn man sie zu hart anfasst. Reparieren lassen sich diese Stellen schlechthin nicht.*

Das unzeitgemäße Schul- und Erziehungssystem wurde noch durch die strengen Gebote der Katholischen Kirche untermauert, an deren Vorgaben sich Tante Sefa und Mutter wortwörtlich hielten, ohne sie je zu hinterfragen. Der Kleine Katholische Katechismus, der auf alle Glaubens- und Verhaltensfragen eine Antwort lieferte und noch lange nach dem Krieg verbreitet war, hatte seinen festen Platz im Religionsunterricht der Schule. Sobald ich lesen konnte, musste ich anfangen, die hundertdreißig Fragen und Antworten auswendig zu lernen. Schon die erste Frage war außerhalb meines Auffassungsvermögens angesiedelt: Wozu sind wir auf Erden?

»Gott kennen ist die erste Pflicht.

Wer Gott nicht kennt, der liebt ihn nicht.«

Mir kam Gott nicht bekannt vor, wie sollte ich ihn da lieben?

Rainer Maria Rilke hat das so ausgedrückt: »Ich fürchte mich vor der Menschen Wort. Sie sprechen alles so deutlich aus. Und dieses heißt Hund und jenes heißt Haus, und hier ist der Beginn und das Ende ist dort.«

Über innere, emotionale oder persönliche Zustände oder vielleicht sogar noch über den Glauben zu sprechen, das hatten die Erwachsenen nie erfahren und somit auch nicht gelernt. Darum kam mir die Wirklichkeit auch oft rau und unerträglich vor. Aber es gab eben keine Worte für das, was mich als Kind bewegte.

GEBOTE

Himmel, Hölle, Fegefeuer: Diese drei Wörter prägten mein Gewissen im Kindesalter. All mein Tun war daran ausgerichtet.

Der Himmel war ganz unzweifelhaft oben über mir angesiedelt, unerreichbar: klares Azurblau, mit Mond und Sternen in der Nacht. Darüber die Gefilde, in denen Gott mit den Engeln wohnte. Das Fegefeuer, ein unheimlicher Warteraum mit zwei Türen – die eine in den Himmel, die andere in die Hölle. Die Hölle mit dem brennenden tödlichen Feuer, ein schrecklicher Ort der Verdammnis. Im Alltag versuchte ich diese unheilvollen Bilder im Kopf zu relativieren.

Gefallen fand ich am Untergang der Sonne mit dem farbenfrohen Abendrot. Die Engel, die den Himmel nach meiner Überzeugung bevölkerten, waren weit weg, gebunden an gegenständliche Bilder aus der Kleinen Bibel oder wie sie auf niedlichen Heiligenbildchen abgebildet wurden, die man zur Erstkommunion verschenkte.

Die Erscheinung, die mir in der Wirklichkeit noch am ehesten präsent und in der Gegenwart angesiedelt zu sein schien, war der persönliche Schutzengel, zu dem ich jeden Morgen betete. Er war meiner Meinung nach sehr stark, hatte große Flügel, trug ein weißes langes Gewand und natürlich einen goldenen Heiligenschein. Diese Vorstellung wurde durch ein großes Wandbild in der Küche genährt, auf dem zwei Geschwister unter der schützenden Hand eines mächtigen Schutzengels auf einem schmalen, gefährlichen Steg balancieren, unter dem ein tosender Gebirgsbach dahinrauscht. Ein sehr beeindruckendes und tröstendes Beispiel.

Und so betete ich jeden Morgen laut beim Kämmen:

>>Heiliger Schutzengel mein
lass mich dir befohlen sein!
In allen Nöten steh mir bei
und halte mich von Sünden frei.
An diesem Tag, ich bitte dich,
beschütze und bewahre mich!<<

Heiliger Schutzengel mein … *mein*, dieses besitzanzeigende Fürwort war unheimlich wichtig für mich. *Ich* hatte etwas Eigenes. Und dazu noch jemanden, der extra für mich da war. Allerdings musste ich in diesem Zusammenhang folgende Worte aus dem Kleinen Katechismus auswendig lernen:

»Gott hat jedem Menschen einen Engel gegeben, der ihn besonders liebt und schützt. Das ist der heilige Schutzengel.
Folge willig deinem Engel,
so oft er warnend spricht;
denn Kinder, die nicht folgen,
führt er zum Himmel nicht.«

Von Gott geschickt! Gott: ein leeres Wort, eher der strafende, über allem thronende alte Rauschebart-Herrscher, der von oben im Himmel die Welt regierte und sie am Ende auch richten würde.
Ja, im Kleinen Katechismus stand auch etwas davon:

»Ein Teil der Engel wollte Gott nicht gehorchen. Gott hat die bösen Engel in die Hölle verstoßen. Sie heißen Teufel und böse Geister. Die bösen Engel wollen uns zur Sünde verführen. Dadurch wollen sie uns in die Hölle bringen.«
Ich hatte mich schon damit abgefunden, dass ich das Fegefeuer durchlaufen müsste, um später in den Himmel zu kommen. »Im Fegefeuer sind die Seelen der verstorbenen Gerechten, die noch für ihre Sünden zu büßen haben … und halte mich von Sünden frei!«
Das Thema Sünde war immer präsent, besonders die lässliche Sünde. »Eine lässliche Sünde begeht, wer ein Gebot Gottes in einer geringeren Sache freiwillig übertritt.« Was war denn eine geringere Sache? Wer sollte das verstehen? »In den Himmel kommt jeder, der von allen Sünden und Sündenstrafen frei ist.« Und was waren Sündenstrafen?

Was musste ich mir alles am Abend bei der täglichen Gewissenserforschung eingestehen? Habe ich genascht? War ich ungehorsam? Habe ich gelogen? Habe ich schlecht über andere geredet? Das Spektrum ließe sich noch erweitern. Habe ich andere geärgert? Habe ich andächtig gebetet …?

Durch die vielen Gebote war mein Alltag ziemlich eingeschränkt und so wurde das Kindsein enorm gedämmt. Dabei war ich durch die Zeitumstände schon seit meiner Geburt an Zuwendung beschnitten worden. Zum Zeitpunkt meiner Geburt war meine ältere Schwester auch noch ein Windelkind, gerade sechzehn Monate alt. Zwei Kleinkinder mit Windeln, die Arbeit mit dem Vieh und der Landwirtschaft und dazu die Sorge: Muss Vater in den Krieg? Für Mutter schon eine sehr anstrengende Zeit und so erfuhr ich wahrscheinlich nur die notwendigste Zuwendung als Zweitgeborene.

Mich erfasst ein großer Zorn, wenn ich überlege, wie lange die Kirche als Institution das »Volk« kleinhielt, das autoritäre Gottesbild zementierte und sich der Offenbarung der alles umfassenden Liebe Gottes in der Welt und in jedem Menschen verschloss.

Besonders die Vorstellung von der brennenden Hölle und dem Fegefeuer als Vorraum zum Eintritt in den Himmel hat mich immer beschäftigt. Die Frage, die ich mir im Geheimen oft stellte, lautete: Warum verhalten sich die Menschen nicht anders, wenn ihnen Hölle oder Fegefeuer drohen? In meinem Umfeld kannte ich viele Männer, die sich oft betranken. War das Betrinken nun eine schwere Todsünde oder nur eine lässliche Sünde? Schließlich waren diese Männer in ihrem Zustand nicht mehr bei Verstand und das knappe Bargeld für die Versorgung der Familie war dann auch noch weg. Das musste doch eine schwerwiegende Sünde sein! Und wie sollte man das Verhalten unseres Nachbarn beurteilen? Der fluchte oft laut und verprügelte seine Kinder. Und zur Kirche ging er auch nicht! Ich hätte meine Warum-Frage gern dem Bischof Michael von Münster, der einmal zu Besuch in der Pfarrgemeinde war, gestellt. Natürlich habe ich mich nicht getraut.

Trotz dieses engen religiösen Rahmens fand ich als Kind aber immer Nischen zum Ausleben meiner eigenen Vorstellungen. Ich nutzte alle Gelegenheiten zum Alleinsein, um mich der Beobachtung und Bewertung durch Erwachsene zu entziehen. Von diesem Glanz lebte meine Kindheit.

FASTENZEIT

Die öde, freudlose Zeit im Vorfrühling wird durch die Fastenzeit noch erheblich erschwert. Immer wieder die Aufforderung zum Verzicht. Ja, worauf eigentlich? Auf die sehr seltenen Augenblicke des Genusses irgendeiner kleinen Köstlichkeit wie einem einzigen Bonbon. Unzählige Ermahnungen zu Hause, aber auch in Kirche und Schule – im freudlosen Gottesdienst. Keine Höhepunkte bis auf den Palmsonntag. Verzicht auf Süßigkeiten jeder Art, das ist das Gebot für sechseinhalb Wochen.

Süßigkeiten – damit sind die spärlichen Drops oder vielleicht sogar Sahnebonbons (in Papier eingewickelt, die es aber selten gibt) gemeint. Es kann natürlich auch vorkommen, dass am Sonntag der Zucker auf dem Brot fehlt. Schinken und Wurst sind eh nicht angesagt, höchstens Speck, der von uns aber verschmäht wird. Wie komme ich nun an die Drops, auf die ich verzichten soll? Da bin ich auf die Gunst der Kaufleute angewiesen. Beim Kaufmann vor der Kirche gibt es am meisten, wenn »Mutter«, wie seine freundliche Frau von allen genannt wird, großzügig in das auf der Theke platzierte Glas greift und eine Handvoll Bonbons auf dem Tresen ausstreut.

»Wenn du Gutes tust (also in diesem Fall auf etwas verzichtest), dann soll die rechte Hand nicht wissen, was die linke tut.« So steht es in der Bibel. In der Fastenzeit bedeutete das: Egal, wie viele Bonbons sich schon in deinem Marmeladenglas angesammelt haben, *sprich nicht darüber*. Bei uns ist die Umsetzung dieser biblischen Forderung unmöglich, sie widerspricht auch der kindlichen Natur. Wir müssen mit anderen darüber sprechen, wetteifern, wer am meisten hat.

Und so sprechen wir jeden Morgen mit den Nachbarmädchen, die zu viert sind und den Schulweg mit uns teilen, über die Anzahl der gesparten Bonbons. In den ersten Wochen führen wir immer mit über zwanzig Exemplaren, weil wir zu dritt sind und darum auch nur durch drei teilen müssen. Das ist ein Hochgefühl, ein Überlegenheitsgefühl! Aber nach dem Geburtstag ihrer Großmutter steigt die Anzahl an gesparten Bonbons bei den Nachbarmädchen rapide und uneinholbar an – auf bis zu hundert an der Zahl.

Die Großmutter ist über achtzig und es besuchen sie natürlich zahlreiche Verwandte und auch Nachbarn, die den Kindern Bonbons mitbringen. »Angeber! Hundert Bonbons. Jedes Mädchen!«, denke ich voller Neid. »Das kann gar nicht stimmen!« So lautet meine Schlussfolgerung. Ich bezichtige unsere Spielkameradinnen im Stillen der Prahlerei und der Lüge. Nein, auch sonntags wollen wir nichts mit diesen Angeberinnen zu tun haben. Wenn wir zur Kirche gehen, warten wir nicht auf sie, um das heikle Thema zu vermeiden. Sollen sie doch an ihren Bonbons ersticken! Aber das darf man nicht denken. Das ist eine lässliche Sünde. Ein Teufelskreis.

Je weiter die Fastenzeit voranschreitet, desto häufiger überlege ich: »Sollen wir unsere Spielkameradinnen nicht doch einmal wieder besuchen, damit wir einen Blick auf die angeblich vollen Gläser werfen können?«

Gesagt, getan. Was meine Augen sehen wollen, wird Wirklichkeit.

In allen vier Gläsern, die in der Küche auf einem Regal stehen, ist nur der Boden, na ja, vielleicht noch eine zweite Reihe mit Bonbons bedeckt. Meine Vorurteile werden damit zementiert. »Das sind Angeberinnen!« Aber tief in meinem Innern weiß ich, dass ich unrecht habe. Die Nachbarskinder sammeln ihre Bonbons nämlich in Einmachgläsern, die einen viel größeren Boden haben als unsere kleinen Marmeladengläser.

Dieses verrückte Beobachten und Sparen macht den Hunger auf den eigenen Vorrat nur größer. Keiner in der Küche? Dann schnell ein Griff in das eigene Glas. Drei Bonbons kleben zusammen. Rasch in den Mund damit … und dann begegne ich auch noch Mutter an der Tür.

»Hast du genascht?«

Da ist nur ein heftiges Kopfschütteln möglich, der Mund ist ja voll. Eine Sucht, dieses Naschen! Aber der Körper giert förmlich danach. Natürlich habe ich ein ganz schlechtes Gewissen. Und zu Ostern kann ich nichts vorweisen, nur Neid, Selbstbetrug und Lügen. Da hat Siegfried es doch leichter. Er braucht nicht zu sparen. Seine großen Geschwister würden bestimmt immer alle gesparten Bonbons – ohne Erlaubnis – vertilgen. Worauf er wohl verzichtet?

GLASKIRSCHEN

Auf unserem Weg zur Schule kommen Siegfried und ich an einem schönen Kirschbaum vorbei, der meistens gut trägt. Er steht am Zaun einer kleinen Weide und einige Zweige reichen über den Zaun hinaus. Ende Juni eine echte Versuchung. Das Wasser läuft mir im Mund zusammen. Da hängen sie, die glas-

klaren, etwas geröteten saftigen Kirschen, die herrlich schmecken müssten. Wir haben in der Viehweide nur einen Kirschbaum mit kleineren Früchten, eine halbwilde Sorte.

Du sollst nicht stehlen!

Das habe ich in der Schule gelernt. Aber ist das wirklich
stehlen, wenn man eine einzige Kirsche vom Boden aufhebt?,
überlege ich. Das Gebot scheint sich beim Anblick des vollbe-
hangenen Baumes schon etwas zu verwässern und eine andere
Auslegung zuzulassen. Ich hefte meine Augen auf den zertrete-
nen Boden unter dem Baum auf der Straßenseite. Keine Kirsche
im Gras zu sehen. Warum sollte auch nur eine Kirsche runter-
fallen, es sei denn, die Vögel waren am Werk. Nichts, nein, gar
nichts.

Mein Freund Siegfried ist da anderer Meinung. Er stammt
aus einer großen Familie, ist das jüngste von acht Kindern.

»Was suchst du am Boden, Maria? Pflück doch einfach ein
paar ab! Es bleiben ja noch genug am Baum. Schau mal! Dieser
Zweig hängt genau vor meiner Nase. Ja, er ist mir im Weg!«

Er hüpft in die Höhe, öffnet den Mund und reißt mit den
Zähnen zwei Kirschen ab, die er dann genüsslich verspeist. Ich
bin baff, schaue ihn sprachlos an und muss heftig schlucken.
Muss das herrlich schmecken! Und – er hat es getan! Aber fällt
diese Tat jetzt unter das siebte Gebot? Hat er jetzt gestohlen?
Nachdenklich trotte ich weiter neben ihm her zur Schule.

Auf dem Rückweg kommen wir beide natürlich wieder an
dem Baum der Versuchung vorbei. Ich schaue von der Seite auf
Siegfried. Aber der geht einfach so an der süßen Versuchung
vorbei, als ob sie gar nicht existieren würde. Hat er doch vielleicht Gewissensbisse bekommen, weil er seine Tat beichten
muss?, überlege ich. Oder ist das doch nicht so schlimm? Es
waren schließlich nur zwei Kirschen, eine Handvoll, ja, das
müsste man wohl beichten. Ich bin mir nicht mehr so sicher. Zu

Hause zu fragen, nein, das hat keinen Sinn. Ich kenne die Antwort schon im Voraus. Sie wird sich nicht auf das siebte Gebot beziehen. Nein, die Antwort wird sich auf den Besitzer des Kirschbaums beziehen. »Das macht man doch nicht! Was sollen Hellmanns wohl von uns denken?«

Mit Spannung erwarte ich den folgenden Morgen. Vorsichtig frage ich nach: »Siegfried, sag mal, glaubst du, man darf eine Kirsche abpflücken, ohne dass das *Diebstahl* ist? Einfach so? Ich meine – nur eine einzige?«

Siegfried schaut mich erstaunt an. »Klar, das darf man! Eine Kirsche! Das ist doch nicht der Rede wert. Du traust dich wohl nicht?«

Ich will gerade meine Hand ausstrecken, da schallt es vom Haus zu uns herüber:

»Wollt ihr beiden wohl von dem Baum wegbleiben, sonst könnt ihr was erleben! Ich sag's euren Eltern!«

Beschämt ziehe ich meine Hand zurück. Jetzt bin ich in Verdacht geraten. »Ihr« hat der Hellmann gesagt. Also bin auch ich gemeint. Aber ich habe ja eigentlich nichts getan, noch nicht, wollte es aber tun. Das ist Sündigen in Gedanken. Ja, ich werde es wohl beichten müssen. Eine lässliche und lästige Sünde – Hauptsache, Mutter erfährt nichts davon.

DIE WANDELNDE GLOCKE

Ich höre die Glocken läuten. Ganz von fern dringt das Geläut zu mir. Und sofort steht mir ein Bild aus dem Lesebuch vor Augen: »Die wandelnde Glocke«. Dazu ein Text. Mit welchen Worten begann er? Wer hat ihn verfasst? Ich schaue im Internet nach. Das hätte ich nicht gedacht. Der Text stammt von Johann Wolfgang von Goethe. Ja, das ist ein Gedicht von Goethe – mit sieben Strophen. Hier kurz der Inhalt:

Ein Kind geht am Sonntag ins Feld anstatt zur Kirche. Die Mutter droht: »Die Glocke wird dich holen!« Das Kind missachtet die Warnung, weil die Glocke ja oben im Turm hängt. Aber – wie sollte es in dieser Ballade auch anders weitergehen – die Glocke kommt angewackelt. Das Kind rennt davon und hat große Angst, von der mächtigen Glocke eingeholt und eingeschlossen zu werden. Es entkommt, denn die rettende Kapelle ist nah. Und von nun an …

Moralischer Zeigefinger, in Beton gegossen. Aber warum für Grundschüler? Ich überlege. Heute nicht vorstellbar.

Nach dem Krieg war es für die Verfasser von Schulbüchern sicher schwer, geeignete Texte für Kinder zu finden. James Krüss, Josef Guggenmoos oder Astrid Lindgren waren noch nicht in Erscheinung getreten, da mussten eben die großen Klassiker herhalten – zur Untermalung eines dramatischen Ereignisses mit dem moralischen Zeigefinger.

Die Illustration zeigt, wie ein kleines Kind vor einer übergroßen Glocke flieht. Im nächsten Moment wird sie das Kind sicher erreichen und sich todbringend über das flüchtende kleine Wesen stülpen. Das Kind macht Riesenschritte und streckt gleichzeitig beide Arme hilfesuchend ins Nichts aus. Wird es die Kapelle noch rechtzeitig erreichen?

Ich mag diese Seite im Lesebuch überhaupt nicht. Sie löst in mir große Furcht aus, weil ich mich immer voll mit dem davonrennenden Kind identifiziere. Das Bild ist für mich lebendig, gegenwärtig, ich renne und renne, ich spüre, die schwere Glocke ist mir auf den Fersen.

Die Gebote der Kirche sagen Folgendes: »Du sollst alle Sonn- und Feiertage die heilige Messe mit Andacht hören.« Das mache ich doch. Das heißt: Ich muss das machen.

Ich gehe mit meinen Schwestern bei Hitze, Wind, Regen

und Kälte jeden Sonntag treu zur Kirche – drei Kilometer hin und drei Kilometer zurück. Freiwillig? Nein, aus Gewohnheit. Das macht man am Sonntag, jeden Sonntag.

DIE SONNTAGSMESSE

Die nachhaltige Wirkung des Gedichts »Die wandelnde Glocke« auf mich ist leicht zu erklären. In der ersten Zeile heißt es: »Es war ein Kind, das wollte nie zur Kirche sich bequemen.« Die Ursache war also die offensichtliche Abneigung gegen den sonntäglichen Gottesdienst und das daraus erwachsene schlechte Gewissen.

So war es ja auch bei mir. Ich *musste* zur Kirche. Das war besonders im Winter bei Eis und Schnee eine Tortur für jedes Kind.

Wenn wir nach einer Dreiviertelstunde Fußweg durchgefroren bei der Kirche ankamen, mussten wir ganz vorne auf niedrigen Kinderbänken Platz nehmen. Der ungeheizte Kirchenraum mit den harten Kniebänken bot wenigstens Schutz vor dem Wind und auch etwas vor der Kälte.

Der Gottesdienst – kurz Messe genannt – findet vor dem Hochaltar statt. Der Priester zelebriert den mindestens eineinhalb Stunden langen Gottesdienst mit dem Rücken zum Volk, das entsprechend dem Ritus zu stehen, zu knien oder zu sitzen hat. Die motorische Abwechslung gefällt mir und meine durchgefrorenen Füße tauen langsam auf, fangen aber an zu kribbeln, was sehr lästig ist. Da die Botschaft vom Hochaltar her auch noch in Latein erfolgt, nehme ich keine Verbindung zum Pastor auf. »… die Messe mit Andacht hören!«, so heißt es im Kirchengebot. Ich kann den Pastor hören, aber er spricht ja nicht zu mir. Zur Predigt steigt er auf die Kanzel, was die Aufmerksamkeit doch auf ihn lenkt. Aber das hält nicht lange an. Die Adressaten sind die Erwachsenen, an uns Kinder verschwendet der Pastor nicht ein einziges Wort, höchstens die Ermahnung: »Wollt ihr wohl endlich aufhören, mit den Füßen zu scharren und euch immer umzudrehen?« Damit bin auch ich gemeint – wegen der kribbelnden Füße. Seine Predigt scheint keine frohe Botschaft zu sein, eher eine Litanei von Ermahnungen. Ich erkenne das an seiner strengen Miene. Da höre ich einfach nicht zu, sondern beschäftige mich mit den geschnitzten Bildern rund um die Kanzel.

Besonders eine Szene fasziniert mich: Jesus und die Kinder. Jesus hat ein Kind auf den Schoß genommen und spricht zu einer Gruppe von Müttern. Das Bild gefällt mir sehr und ich stelle mir vor, dass ich das Schoßkind bin. Das ist ein schönes Gefühl.

Endlich ist die Predigt zu Ende. Das Wort »Amen« habe ich richtig gedeutet. Jetzt kann ich wieder die Messdiener beobachten. Sie bringen ein goldene Schale und ein Kännchen zum Altar. Machen sie alles richtig? Das zumindest kann man am Gesicht des Pastors ablesen, wenn er sich einmal umdreht. Er sieht aber heute sehr verkniffen aus. Also ist wohl doch nicht alles richtig gelaufen.

Dann folgt eine Phase, in der die Messdiener mehrfach die Schellen betätigen müssen. Das liebe ich. Sie müssen sich aufeinander abstimmen und sich abwechseln. Das gelingt ihnen heute ganz gut. Anschließend muss das schwere Messbuch wieder von der einen zur anderen Seite transportiert werden, rückwärts muss der Messdiener sich mit dem dicken Wälzer drei Stufen hinunterbewegen, dann eine Kniebeuge machen und an der anderen Seite wieder hinaufsteigen. Aber was ist das? Das Buch ist Herbert aus den Armen gerutscht und – klatsch! – landet es auf dem Steinfußboden. Ich lache nicht, mir tut Herbert nur leid. Der Pastor hat sich umgedreht und läuft vor Ärger rot an. Er wartet ab. Da ist der Küster schnell aus seiner Bank getreten und hilft dem schmächtigen Messdiener, das Buch mit der Stütze darunter wieder richtig auf beide Arme zu setzen. Ich denke nur: Hoffentlich zieht der Pastor dem Herbert in der Sakristei nicht auch noch die Ohren lang!

»Ite missa est«, tönt es von vorne. Das verstehe ich inzwischen. Missa est übersetze ich mit: Die Messe ist vorbei. Jahre später im Lateinunterricht erfahre ich, dass die korrekte Übersetzung lautet: Ihr seid entlassen. Egal, Hauptsache, der Gottesdienst ist endlich zu Ende. Das ist ein erlösendes Wort. Wir Kinder dürfen sogar als Erste durch den Mittelgang nach draußen. Beim Vorbeigehen schaue ich in die Gesichter der Erwachsenen, die noch etwas nachbeten. Ich registriere: Das gehört sich so.

Jetzt aber im Galopp nach Hause, denn sonntags gibt es keinen Eintopf, sondern Hühnersuppe, für jeden ein Stück Braten mit leckerer Soße und natürlich warmen Vanillepudding.

Das Bild von der wandelnden Glocke wird bis zum nächsten Sonntag erst mal zur Seite geschoben. Ich habe die Glocke besiegt – für heute.

DAS SIEBTE GEBOT

Was gefällt mir an einem Emaille-Topf oder an dem, was von ihm übrig ist? Da sind die Farben auf der Oberfläche des Topfes ausschlaggebend: warmes Vollgelb, von Orange bis ins Karminrote übergehend.

Ein Bruchstück dieses wunderbaren Emaille-Topfes finde ich auf der Zuwegung zum Nachbarhaus, dreihundert Meter von unserem Hof entfernt. Ich sehe nur eine kleine Wölbung im

Sandweg, die darunter einen runden Topf vermuten lässt. Das kann aber auch genauso gut ein abgesplittertes Reststück sein, das fest in den Boden eingetreten wurde. Auf jeden Fall ist es nicht möglich, das Stück mit dem Fuß herauszukatapultieren, dazu braucht man wahrscheinlich einen Spaten.

Dieses »Schmuckstück« habe ich schon oft sehnsuchtsvoll betrachtet. Es gehört mir nicht, aber ich hätte es so gern besessen. Als ich mit Irmgard darüber spreche, stelle ich fest, dass sie ähnlich darüber denkt und auch schon ein Auge auf den Topf geworfen hat. Das bestärkt in mir den Plan, mir dieses Emaille-Stück allein und ohne fremde Hilfe anzueignen.

Was ich damit anfangen will? Ich glaube, ich weiß es selbst nicht. Ich will es einfach nur besitzen. Und ich will meine ältere Schwester damit überraschen, dass ich es geschafft habe, mir ohne ihre Hilfe dieses farbenreiche Stück anzueignen.

Ja, nach dem Krieg wird eben sonst nichts weggeworfen. Jeder Rohstoff findet eine Wiederverwendung. Wir Kinder können die wenigen Verpackungen, die überhaupt für Lebensmittel benutzt werden, besonders beim Spiel im Sandkasten mit viel Fantasie zum Häuserbauen einsetzen. Ein beliebtes Spiel ist das Absuchen des Straßenrandes nach Bonbonpapier. Die meisten Bonbons, die es zu kaufen gibt, sind Fruchtdrops. Einpapiert sind oft nur Sahne- und Karamellbonbons, die man sich aber selten kaufen kann, weil sie teurer sind, und deshalb bekommt man sie auch nicht bei einem Einkauf als Zugabe.

Unter dem Strich bleibt: Der Besitz dieses einmaligen Emaille-Stücks ist ein erstrebenswertes Ziel. Die zentrale Frage lautet: Ist das – bei Gelingen des Unternehmens – Diebstahl oder nicht? Dieses Stück steckt im Boden, wird mit Füßen getreten und ist zu nichts mehr zu gebrauchen. Also kann es doch jeder aufnehmen und mitgehen lassen? Ja, aber … Es befindet sich genau genommen auf einem fremden Grundstück, ist also fremdes Eigentum.

Die vier Nachbarskinder sind allesamt Mädchen. Sie geben uns oft Anlass zu Neid und Missgunst, das muss ich eindeutig bekennen. Der Neid bezieht sich auch auf Erlebnisse, die erzählt werden. Die Nachbarn besitzen zum Beispiel einen Landauer, mit dem Besuche bei Verwandten gemacht werden. So ein fürstliches Gefährt werden wir nie auf dem Hof stehen haben. Das ist schon was!

Neue Kleidung wird von beiden Seiten neidisch beäugt: Kleider, die selbst geschneidert sind – aus gebrauchtem Material –, Alltagsschürzen sowie weiße Organza- Sonntagshalbschürzen, neue Haarschleifen in besonderen Farben, Halbschuhe, ja vielleicht sogar später schwarze Lackschule oder Sandalen? Die Liste lässt sich noch durch Kniestrümpfe und Söckchen und bunte Zopfspangen ergänzen. Eine breite Palette der Begehrlichkeiten.

Die Mädchen nach dem Reststück im Boden zu fragen, wird wahrscheinlich oder unabdingbar ihr Interesse an diesem Gegenstand wecken und dann werden sie ihn sicher wieder schätzen und behalten wollen. Die Erwachsenen kann ich sowieso nicht fragen, sie würden nur mit großer Verwunderung darauf reagieren. »Was soll das? Was willst du damit?«

Weiter beschäftigt mich der Vorgang der gewaltsamen Aneignung. Wie den Rest oder auch den ganzen Topf aus dem Boden lösen? Vielleicht kann ich es ja mit einem Löffel versuchen. Einen Löffel von zu Hause mitgehen zu lassen, das wird nicht weiter auffallen. Aber das Buddeln nach dem Bruchstück wird wohl eine ganze Zeit lang dauern, denn der Boden auf dem Weg ist hart, plattgefahren. Außerdem kann ich dort, bei einem längeren Aufenthalt, vom Küchenfenster aus gesehen und dabei entdeckt werden. Wann wäre demnach der günstigste Zeitpunkt für diese Aktion? Vielleicht im Herbst, wenn es abends schon früher dunkel wird? Aber so lange zu warten …

Eine andere Frage lautet: Wo soll der Emaille-Topf bei uns zu Hause versteckt werden? Versteckt werden muss er, denn Mutter und Tante Sefa kennen alle Gegenstände, die wir in unserem Sandkasten haben. So ein Topf oder ein Rest davon würde sofort ins Auge stechen. So weit will ich erst mal nicht denken. Das Habenwollen steht im Vordergrund.

Um den Faden wieder aufzunehmen: Wenn ich das Stück ausgebuddelt habe, muss der Untergrund mit den Holzschuhen geglättet werden, damit niemand auf die frische Spur aufmerksam wird. Passend dazu kann es in der Nacht ruhig heftig regnen. Und dann die entscheidende Frage: Welchen Weg werde ich mit dem kostbaren Stück nehmen?

Das Objekt der Begierde muss ich nach erfolgreicher Bergung und Beseitigung der Spuren am Tatort unter dem Schürzenlatz verbergen. Sollte es zu groß und nicht vollständig bedeckt sein, wäre es sinnvoll, eine Strickjacke anzuziehen, die ich bis oben hin zuknöpfen könnte. Den Weg über die Landstraße darf ich nicht wagen, auch wenn der Publikumsverkehr nicht hoch ist. Aber man kann ja nie wissen … Also bleibt nur der Umweg durch die Felder. Diesen Rückweg gehe ich in Gedanken mehrfach durch.

Das ganze Unternehmen erscheint mir fast nicht realisierbar, aber gerade darum ist der Anreiz umso größer, sich wenigstens in Gedanken damit zu beschäftigen. Überschattet wird die geplante Tat immer wieder durch die Gewissenfrage: Darf ich das? Ich mache mich doch schuldig. Ich erinnere mich an die Fragen zum siebten Gebot im Kleinen Katechismus. Da heißt es unter der Überschrift »Naschen und Stehlen«:

»Habe ich genascht?

Habe ich gestohlen? (Was? Wie viel?)

Habe ich gefundene Sachen behalten? (Was?)«

Wenn schon das Naschen eine Sünde ist, dann ist das Wegnehmen fremden Eigentums umso schlimmer einzustufen. Jede Sünde hat ihre Strafe!

Während mein Kopf noch voll von wirren Gedanken einerseits und einem fast perfekt ausgedachtem Plan andererseits ist, ist das wunderbare, farbige Ding eines Tages spurlos verschwunden.

Nicht einmal ein Abdruck befindet sich dort, wo es gelegen hat. Wohin ist es gewandert? Wer hat es ausgegraben? Fragen kann ich niemanden. Aber ich wollte mir dieses Stück aneignen, es einfach mitnehmen. Das ist eine Sünde vor Gott.

»Es ist nicht immer leicht, eine Sünde gutzumachen. Wie macht man eine Sünde gut, von der nur Gott etwas weiß? Das ist nur möglich durch eine freiwillige Buße, durch Opfer. Sie sind Gott ein Wohlgefallen.«

So steht es in den Unterlagen der Texte von »Kommunionkind« von Heinrich Kautz aus dem Auer-Verlag, die ich wegen der farbigen Bilder und vielen Geschichten liebte und an denen ich mich orientiere. Beispiele für kleine Opfer gibt es auch:

»Des Morgens gleich aufstehen, wenn geweckt wird.

In der Schule nicht schwätzen.

Den Eltern aufs Wort gehorchen.

Einem anderen Kind vom Butterbrot die Hälfte mitgeben.

Jede Speise essen, die Mutter uns gibt.

Auf etwas Leckeres aus freien Stücken verzichten.

Arbeiten helfen, wenn man spielen möchte.«

Dann nehme ich mir doch als Buße den ersten und zweiten Vorsatz zu Herzen. Das scheint mir machbar zu sein, weil ich dazu nicht allzu viel Mühe aufwenden muss.

Ich bin irgendwie gleichermaßen enttäuscht wie erleichtert.

Wenn im Dezember die Sonne schon früh untergeht, schleiche ich mich bei gutem Wetter nach draußen auf den Hof, stehe still am Rand des Ackers, um das Abendrot in seiner ganzen Breite und Schönheit zu beobachten. Das Abendrot und der Blick in den Nachthimmel lassen den Glauben an alles nicht Rationale, Übersinnliche, ja Himmlische immer wieder aufblühen und mich vergessen, dass ich nur ein schwacher »Erdenwurm« bin. Am Himmel im Halbdunkel wunderschöne goldrote Streifen, die sich ständig verändern. Mal sind sie leuchtend rot, mal orange, mal schimmern sie etwas violett, rosa und ich überlege: Wie war noch der Anfang des plattdeutschen Gedichtes, das wir in der Schule gehört haben? Jetzt fällt es mir wieder ein. Es geht so:

»Kiek mol, wat is die Himmel so rot, die Engelkes backet dat Wiehnachtsbrot ...« So ähnlich habe ich es in Erinnerung. »De Engelkels backet dat Wiehnachtsbrot.«

Wie mag das wohl da droben im Himmel aussehen? Wie heißt es noch im Kleinen Katholischen Katechismus? »Die Seligen im Himmel schauen Gott auf ewig. Die Engel und die Heiligen sind unsere Freunde.« Ich bin mir sicher, dass über den Wolken in einem riesigen glitzernden schlossähnlichen Palast die guten Engel fleißig bei der Weihnachtsbäckerei sind. Sie sind meine Freunde. Unter ihnen sicher federführend der Schutzengel, *mein* Schutzengel. Natürlich backen sie die Plätzchen, die ich am liebsten mag: ausgestochene Sterne und Spritzgebäck. Geräuschlos bewegen sich die goldenen Wesen hin und her, ohne sich zu berühren. Im Hintergrund ein Chor mit anderen silbernen Engeln, die den Raum erfüllen, vielleicht auch noch ein Engel-Orchester mit Geigen. Alle schweben durch den Raum, denn auf den Wolken kann man nicht gehen oder stehen, sondern man muss hin und her fliegen. Alle Engel scheinen in Harmonie vereinigt zu sein, es gibt keinen Streit um die besten Förmchen wie bei uns Zuhause oder wie beim Auslecken der Teigschüssel.

Ja, dort möchte ich auch sein, nicht nur wegen der Plätzchen, nein, ehrlich, eher um die Engel in ihrer prachtvollen Gestalt aus der Nähe zu sehen.

Aber ist das Christkind auch in diesem Raum? Sicher ist es das! Es sitzt auf einem herrlichen Thron aus Edelsteinen und schaut dem munteren Treiben zu. Das Christkind braucht nicht zu arbeiten. Es muss nur zuschauen, dass es genug Plätzchen für die Kinder auf der Erde hat.

Mit dem Christkind habe ich so meine Probleme. Wie sieht es aus? Ist es männlich oder weiblich? Und – man höre und staune – das Kind in der Krippe ist auch ein Christkind, hat unser Lehrer gesagt. Das soll einer verstehen. Jesus ist doch gerade erst geboren, ist ein Baby und kann doch nicht gleichzeitig da oben im Himmel sein? Sollte ich mal nachfragen? In der Schule? Bestimmt nicht! Zuhause? Lieber nicht. Ich könnte ausgelacht werden.

Manches, was die Erwachsenen sagen, kann ich eh nicht verstehen, geschweige denn glauben, zum Beispiel die Geschichte vom heiligen Nikolaus. In diesem Jahr war er irgendwie sehr komisch, ich will nicht gerade sagen, angetrunken. Aber so benommen hat er sich. Er torkelte beim Gehen, konnte sich aber noch an seinem Bischofsstab festhalten.

Für mich gibt es auf jeden Fall das Christkind dort oben im Himmel. Es beschenkt mich jedes Jahr und erfüllt meine geheimen Wünsche, die nur Mutter kennt … und es zaubert sogar Freude in die Gesichter der Erwachsenen an Heiligabend.

Ob die Engel morgen auch noch weiterbacken müssen? Daran glaube ich fest, so steht es wenigstens auch im plattdeutschen Gedicht. Ich sage es mir noch einmal vor:

Kiek es, wat lett dei Himmel so rot?
Dat sünd dei Engels, dei backt dat Brot:
Sei backt den Wiehnachtsmann sien Stuten
för all dei lüttken Leckerschnuten.
Nu flink dei Tellers unnert Bett
un leggt jau hen, un wärt recht nett!
Die sünte Klaus steiht vör dei Dörn.
Dei Wiehnachtsmann dei schickt em her.
Wat dei Engels hew backt,
dat schöllt ji probeern,
un schmeckt et gaut, so hört sei dat gern.
Un dei Wienachtsmann schmunzelt:
»Na, backt man noch mehr!«
Oh, wenn doch man ers Wiehnachten wör!

Jetzt wird mir der Inhalt des Textes erst richtig bewusst: Der
Weihnachtsmann schickt den Nikolaus, heißt es im Text! Der
Weihnachtsmann, das Christkind, das Jesuskind, der Niko-
laus … Was soll ich nur glauben? Es muss doch eine höhere
Macht sein, die mich so aus dem Diesseits entführt und berei-
chert.

Nur der letzte Satz findet meine unumwundene Zustim-
mung:

»Ach, wenn't doch man erst Wiehnachten wör!«

DURCH DAS JAHR

»Es war eine Mutter, die hatte vier Kinder, den Frühling, den Sommer, den Herbst und den Winter …« So beginnt ein Kinderlied aus Baden. Während in diesem Text jeder Jahreszeit – gut und gerecht verteilt – typische Freuden zugedacht werden, war für mich der Winter stets die unbeliebteste Jahreszeit. Mir graute immer vor der Kälte und Eintönigkeit durch Frost, Eis und Schnee und dem Mangel an Grün.

Der Dezember, mit dem Nikolaus- und Weihnachtsfest, hob sich allerdings total von der öden Zeit ab, die danach mit Eis und Schnee und der Fastenzeit folgte.

»Nach grüner Farb' mein Herz verlangt in dieser trüben Zeit, der grimmig Winter währt so lang, der Weg ist mir verschneit …« So heißt es in einem Lied aus dem siebzehnten Jahrhundert von Michel Praetorius.

Ohne Spielsachen und auf engem Raum den Winter zu überstehen, das war für uns Kinder auf dem Bauernhof schwer. Wenn die Erwachsenen die Unruhe nicht mehr aushalten konnten, dann hieß es oft: »Jetzt geht mal auf die Diele!«

Diele – so nennt man in Norddeutschland den großen Eingangsbereich, die Halle mit dem dreiteiligen Haupttor, das breit genug ist, Heu- und Erntewagen durchzulassen. Zwei solcher Wagen hatten auf der meist gepflasterten großen Fläche, hintereinander aufgestellt, Platz. Zur Rechten befand sich bei uns der Kuhstall, links die Pferdeställe, daran angrenzend in einem angebauten Gebäude der Schaf- und der Schweinestall.

Wenn nicht gerade Fütterungszeit war und der Raum in der Mitte der Diele mit Heu und Stroh voll lag, das durch die Luke vom Heuboden heruntergeworfen worden war, hatten wir viel Platz zum Verstecken und Spielen, wenn Nachbarskinder uns besuchten. Lauf- und Wettspiele, die wir von der Schule her kannten, waren beliebt. Verboten war das Klettern auf die Leiter, die auf den Heuboden führte, und das Verstecken direkt im Pferdestall. Wenn ich allein war, spielte ich oft mit den Katzen oder dem Hofhund, der im Winter auch auf die Diele durfte. Hatte es gefroren, dann gab es genügend Eisbahnen zum Glitschen – auf der Wiese oder auch auf dem Acker, der nicht dräniert war. Dass es mir schwerfiel, das Gleichgewicht zu halten, und welche Folgen das hatte, davon wird noch die Rede sein. Meist waren wir nach gut einer Stunde völlig durchgefroren, weil wir bei Frost keine angemessene Winterkleidung hatten. Wir konnten immer nur mehrere Sachen übereinander anziehen. Gewisse Teile des Körpers, zum Beispiel die Oberschenkel mit den Strumpfhaltern, blieben relativ ungeschützt.

Ein Hochfest im Winter war der Schlachttag im November oder je nach Witterung im Dezember. Der Schlachter kam ins Haus und Mutter assistierte ihm. Nach dem Keulen musste das Schwein ausbluten. Es gab mittags Blutsuppe, die wir nie aßen und auch nicht essen mussten, die aber angeblich eine Delikatesse war. Das Schwein wurde aufgeschnitten und draußen zum Auskühlen an eine Leiter gehängt, die Gedärme wurden entleert und am Abend gab es frische Beefsteaks. Am folgenden Tag waren Mutter und Tante ganz mit der Wurst- und Fleischverarbeitung beschäftigt. Ich konnte als Kind nicht begreifen, wie man bei diesem Berg von Fleisch immer wusste, wozu die einzelnen Stücke gut waren. Die Schinken wurden zum Trocknen im Rauchfang über dem Herd aufgehängt und konnten dann zu Ostern angeschnitten werden, auch die Mettwürste und der Speck kamen dorthin. Das übrige Fleisch wurde in Gläser eingeweckt, später auch in Dosen. Wenngleich die Kost im Winter ziemlich einseitig war, so gab es für die Erwachsenen doch immer ein ordentliches Stück Fleisch oder Speck zum täglichen Eintopf. Die Speckstücke bedachte ich immer mit einem nicht ausgesprochenen »Igitt«.

»Die süßen Vöglein jung und alt, die hört man lang nicht mehr. Das tut des argen Winters G'walt, der treibt die Vöglein aus dem Wald mit Reif und kaltem Schnee.«

Genauso stellte ich mir den Winter vor: Ein grimmiger farbloser Geselle, der sich nicht vertreiben lässt, sondern mit rauem Wind und kaltem Reif und Schnee übers Land fegt.

Bei den gebremsten Möglichkeiten im Winter war es verständlich, dass ich jedes Jahr sehnsüchtig den Gesang der Meisen und das erste Grün erwartete.

VORFRÜHLING

Jeden Tag schaue ich nach den ersten Vorboten des Frühlings aus. Die Schneeglöckchen blühen schon. Und die Weidenkätzchen? Schälen sie sich endlich aus ihrer braunen Hülle und verfärben sich goldgelb? Ich pflücke ein paar, die ich an den Sträuchern vor der Weide finde, ab. Ganz vorsichtig die Wangen mit den samtartigen Knospen streicheln. Nein, gelb sind sie noch nicht.

Neugierig begeben Irmgard und ich uns heute wie jeden Morgen auf den Weg zur Schule. Es ist frisch und noch recht kühl, aber wir sind voller Tatendrang. Nach dem schalen Winter mit ganz viel Kontrolle auf engem Raum jeden Morgen hinaus in die aufkeimende Natur, das wollen wir auskosten. Mutter hat uns – wie immer – ziemlich früh losgeschickt. Deshalb schlendern wir schweigend nebeneinanderher und überlassen uns den vielen Eindrücken am Straßenrand. Plötzlich eine Entdeckung!

»Schau mal, die Büsche dort hinter dem Straßengraben. Die ersten gelben Weidekätzchen! Komm, die müssen wir uns näher anschauen!«, ruft Irmgard.

Vorsichtig prüfen wir mit unseren hohen Schnürschuhen den Grund des Grabens.

»Nein, da ist kein Wasser drin«, freue ich mich. Meine Schwester und ich hüpfen hinüber, steigen in den Weidenbusch mit seinen ausladenden Ästen.

»Oh, hier kann man prima sitzen. Und schaukeln, gestattest du das, lieber Baum?«

Seine Antwort warten wir nicht ab. Sicher freut er sich über unseren Besuch. Wir sind zwei Menschenkinder, die nicht nur vorbeigehen, sondern ihn freudig begrüßen und beachten!

Spontan werfe ich den Tornister in das noch gefrorene Gras. Meine Schwester hat schon angefangen zu wippen und die elastischen Zweige machen mit. Das kann ich auch! Und schon wird der ganze Busch in Schwingungen versetzt. Welch eine Freude! Wir jauchzen beide laut und schaukeln und können gar nicht mehr aufhören.

Ganz außer Atem halte ich einen Moment inne. Wie lange ging unser Spiel schon? Wir wissen es nicht.

»Lass uns das lieber morgen noch einmal machen. Ich glaube, wir müssen weiter zur Schule«, meint Irmgard.

Wir springen auf den harten Boden, ich schultere meinen Tornister und wir trotten gemütlich zur Schule. Uns ist ganz warm geworden. Die Anspannung des langen Winters hat sich gelöst. Wie aus einem Mund sagen wir: »Und morgen machen wir das wieder.« Darauf freuen wir uns schon heute.

Du auch, lieber Weidenkätzchenbusch?

Auf dem Rückweg von der Schule werfe ich ihm noch einmal einen Blick zu.

Wir haben dich doch nicht verletzt? Morgen früh schaukeln wir dich wieder wach!

Der März dauert in diesem Jahr gefühlt sehr lange. Die Sehnsucht nach sprießendem Grün und Wärme nimmt bei mir jeden Tag zu. »Nach grüner Farb' mein Herz verlangt …« Das singe ich immer mit Inbrunst mit, wenn es im Musikunterricht angestimmt wird.

Aber draußen ist noch wenig Grün zu sehen, die fahle Sonne bricht sich ihre Bahn durch die kahlen Eichen auf dem Hof. Ich fröstle in meiner Winterstrickjacke und sehe mich um. Alles kahl und öde. Dabei war doch schon Frühlingsanfang. Plötzlich horche ich auf und kann nicht glauben, was an mein Ohr dringt:

Sie sind auf einmal da, die Stare!

Ein großer Schwarm lässt sich in den mächtigen Eichen nieder. Ich bin hocherfreut, dass die Stare hier gerade vor mir landen. Wundervoll! Wie elektrisiert bleibe ich stehen und beobachte, wie immer mehr Vögel allmählich in den Bäumen Platz nehmen. Sie fallen mit lautem Gezwitscher, nein, eher mit Geschwätz ein und schwabulieren weiter.

Was mögen sie sich erzählen? Sind sie froh, dass sie ihr sommerliches Quartier erreicht haben, froh, dass es unsere Bäume noch gibt, halten sie schon nach Nistplätzen Ausschau?

Ein mächtiges Konzert schwillt an und verbleibt in dieser unüberhörbaren Lautstärke. Jetzt fehlt nur noch der Dirigent oder die Dirigentin. Bin ich das? Klar! Sonst ist ja niemand zu sehen. Wie geht das nur, das Dirigieren? Ich habe unseren Hauptlehrer als Vorbild. Beide Hände heben und dann machtvoll zur Seite schwingen! Vorsichtig probiere ich diese Abfolge. Das macht Spaß und mein Chor singt weiter. Es klappt.

Jetzt will ich meine gefiederten Freunde noch mehr anfeuern. »Hallo, ihr da oben!«, rufe ich. »Ich bin eure Dirigentin.

Ich freue mich sehr, dass ihr endlich angekommen seid, noch dazu hier bei mir. Wie schön euer Federkleid in der Sonne schimmert! In allen Farben, besonders der grün-silberne Ton gefällt mir. Ja, schön seid ihr alle. Und euer Gesang, einfach toll! Habt ihr den Frühling mitgebracht? Aus Spanien, Italien oder gar aus Afrika? Was könnt ihr mir davon erzählen? Ja, ich weiß auch, dass es dort sehr heiß ist. Damit kann ich euch hier nicht dienen. Hier ist es noch ziemlich kühl. Das habt ihr ja schon gemerkt. Aber ihr seid ja so viele, da werdet ihr doch wohl schlau genug sein, erst einmal einen Schlaf- und Futterplatz zu suchen? Mit dem Nestbau und dem Brüten hat es noch etwas Zeit, meine ich.«

Erschöpft lasse ich die Arme fallen. Oh je, das war wohl die falsche Bewegung! *Schschsch* … und die ganze Schar erhebt sich und fliegt fort. Dabei hätte ich meinen Staren noch sagen wollen: »Besucht mich mal wieder, ich warte auf euch! Und seid so lieb und verschont dieses Jahr den Glaskirschenbaum!«

OSTERNESTER

Das Aschekreuz ist abgefallen, Hoffnung keimt auf. Sie nimmt Gestalt an.

»Dürfen wir im Garten schon mit dem Bau des Osternestes anfangen?«

Ein verwunderter Blick der Erwachsenen. Er sagt: Was ist denn mit den Kindern los? Und die Antwort lautet natürlich: »Nein, das ist doch viel zu früh. Und außerdem ist es noch viel zu kalt. Da friert dem Osterhasen ja der Hintern ab!«

Damit haben wir gerechnet. Aber wir sind nicht entmutigt. Wir betteln weiter. »Wir wollen doch nur den Platz herrichten.«

»Na gut, dann raus mit euch an die frische Luft. Nehmt

Hedwig aber mit! Dann habe ich auch mal meine Ruhe«, meint Tante Sefa schließlich.

Mit Handschuh und Mütze bewaffnet besichtigen wir den vorgesehenen Platz im Garten. Die hohen Zedern in der Mitte des Hauptweges strecken ihre Wurzeln geradezu sehnsüchtig nach Abwechslung aus. Der Raum zwischen den Verzweigungen ist ideal für den Bau eines Osternestes. Irmgard hat schon einen Platz für sich gefunden. Für Hedwig finde ich auch einen Platz. Mit dem Fausthandschuh wird ein kleiner Kreis sauber gefegt, der eng am Stamm anliegt. Der Osterhase soll vor Wind und Wetter geschützt seine Eier ablegen können. Dazu muss das Nest aber ausgepolstert werden. Ich halte nach Moosbänken außerhalb des Gartens Ausschau. Hinter der Hecke werde ich fündig und raffe mir einen großen Placken ab – natürlich mit dem Fausthandschuh. Ich habe Hedwig an der Hand und sie darf das Moos zum Nest tragen.

Am Nest beginnt die Feinarbeit. Handschuh aus, das vertrocknete Gras aus dem Moosballen herauszupfen und auf der sauberen Grundfläche andrücken. Fertig! Einen Schritt zurückgehen und das Ganze in Augenschein nehmen. Sieht gut aus! Jetzt noch Hedwigs Nest. Es wird schön rund ausgepolstert und scheint ihr zu gefallen. Mit dem weiteren Ausschmücken will ich noch warten. Ich sehe schon im Geiste die farbigen Eier am sonnigen Ostermorgen vor mir. Die knalligen Farben, die sich so frühlingshaft vom fahlen Untergrund abheben. Das wird eine Freude sein.

Und erst das Suchen nach den süßen Zugaben. Zu dumm! Ich habe meinen Handschuh am Nest zurückgelassen! Tante Sefa schimpft. »Was haben wir euch gesagt? Ihr solltet doch nur einen Platz aussuchen …«

Dass unsere Nachbarin, Menken Sefa, die einen kleinen Laden besitzt, in der vorösterlichen Zeit als Vorbotin des Osterhasen eine Rolle spielt, hat mein Unterbewusstsein schon gespeichert. Beim nächsten Einkauf erzähle ich stolz: »Wir haben unser Nest schon fast fertig!« Ein paar Tage später findet jedes Kind ein paar Bonbons im Rohbau. Eine schöne Überraschung! Der Osterhase hat sich das Nest wohl schon angesehen und es für gut befunden.

Dann aber folgt ein Aprilsturm mit Regen und Hagel und wir drei stehen vor dem Ruin. Alle Nester sind weggefegt. Spurlos vom Erdboden verschwunden. Ja und?! Mit Feuereifer machen wir uns wieder an die Arbeit. Dieses Mal suchen wir uns noch kleine Stöcke, die wir in die winterharte Erde eindrehen, um das Moos zu befestigen, einen Eingang für den Osterhasen lassen wir frei. Ich überprüfe die Baustelle und überlege: Wie viel Platz braucht der Hase zum Ablegen der Eier? Zu eng sollte das Nest nicht sein, eher schön gemütlich oder kuschelig. Vielleicht finde ich noch ein paar Vogelfedern, um das Nest auszupolstern.

»Wir können im Hühnerstall nachsehen«, schlägt meine Schwester vor.

»Aber Federn können doch leicht davonfliegen!«

»Auch wieder wahr.«

Die Stirn runzeln und scharf überlegen: Die Federn werde ich unter einem Stein verstecken und erst am frühen Ostermorgen zum Ausschmücken hervorholen. Ich muss aber auch genug haben, für mein Nest und auch für Hedwigs. So, jetzt suchen wir erst mal nach passenden Steinen. Wenn es doch nicht so lange bis Ostern dauern würde!

»Wann bekommen wir endlich neuen Sand?«

Diese Frage stellen wir Kinder oft im Frühjahr. Bei der Antwort, die nur beiläufig erfolgt, horchen wir begierig auf die mitschwingenden Zwischentöne. »Mal sehen. Vielleicht hat Vogelsangs Dirk ja Zeit.« Das kann bedeuten, dass Dirk sowieso ins Moor muss und sich dann die Mühe macht, aus einem Graben gelben Sand herauszuschaufeln – eine schweißtreibende Arbeit, nur für uns Kinder.

Welche Freude, wenn dann unverhofft der Pferdewagen erscheint, das lange Brett an der Seite herausgezogen wird und der kostbare gelbe Schatz auf den vorherbestimmten Platz unter dem großen Rotdornbaum rieselt.

Vor uns liegt ein langer, spitz aufgeschobener Berg, der zunächst gerecht vermessen wird. Irmgard schreitet den Wall ab und teilt ihn in vier Parzellen auf.

Warum vier bei drei Mädchen? Nun, unser Nachbarsjunge Siegfried ist voll in unsere Spielgemeinschaft einbezogen. Ohne ihn konnten wir nicht »schön« spielen. Sehnsüchtig warten wir am Nachmittag, bis er endlich in der Tür steht.

Zurück zur Reihenfolge beim Sandverteilen. Irmgard bekommt das beste äußere Feld, das sie dann von drei Seiten aus bearbeiten kann. Dann folge ich, danach Siegfried und zuletzt Hedwig, die ihr Grundstück wiederum von drei Seiten verzieren kann, aber nörgelt, weil ihr der Vorteil gar nicht bewusst ist … Tante Sefa achtet immer ganz streng darauf, dass wir Hedwig in unser Spiel mit einbeziehen, auch wenn das oft nicht möglich ist. Wir versorgen aber ihr Sandkastenfeld stets mit, damit sie nicht ins Haus rennt und uns verpetzt.

Die Auseinandersetzung mit dem Umfeld aus der eigenen Perspektive, das Abwägen des eigenen Bedacht- und Gewertet-

Werdens, die Sehnsucht nach mehr Zuwendung und in der Folge Machtkämpfe der Abgrenzung – das alles waren vielseitige Facetten des Alltags.

Beim Sandkastenspiel steht immer das »Häuschenspiel« im Vordergrund. Wenigstens in der Fantasie will jede ein eigenes Heim besitzen – mit Garten und vielen Äckern. Etwas Eigenes zu schaffen und zu gestalten, das ist die Erfüllung eines Urtraumes, besonders weil wir im Alltag immer wieder mit der Tatsache konfrontiert werden, dass der Hof nur gepachtet und die hohe Pacht schwer zu erwirtschaften ist. Kommt der Eigentümer, um sein Pachtgeld abzuholen, herrscht im Hause eine unaussprechliche Spannung. Ein Feindbild wird im Vorfeld aufgebaut und intensiv gepflegt. Ist es die Angst, die Pacht könnte schon wieder erhöht werden, oder die Ahnung, wieder Pachtland zurückgeben zu müssen? Hat Mutter den notwendigen flüssigen Betrag von der Witwenrente abzweigen können? Wir Kinder flüchten auf jeden Fall, wenn der Eigentümer auf dem Hof erscheint. Auch die Nachwirkungen dieses Besuches wollen wir ungern mit anhören.

Deshalb können wir »Häuslebauer« diese unerfreulichen Erfahrungen im Spiel kompensieren. Die Reihenfolge des Vorgehens ist allen bekannt. Das Wichtigste ist das Haus selbst. Ob es gelingt oder nicht, liegt an der Technik des Bauens und der Qualität des Sandes. Hatte man den Standort in seinem Revier ausgemacht, kann es an der Stirnseite entstehen: Dazu brauche ich die Hilfe einer der Schwestern, die linke und die rechte Hand werden übereinandergelegt. Sie bilden das Grundgerüst. Dann muss die Helferin viele Sandschichten darüber laden und immer wieder festklopfen, bis ich der Meinung bin, dass das Gebilde halten kann. Vorsichtig zieht meine Schwester die Hände unter dem festgeklopften Spitzdach hervor, ohne die Finger zu bewegen oder zu spreizen. Die bange Frage lautet: »Hält das

Dach?« Ja, Gott sei Dank, es hält! Danach geht es daran, das Giebeldachhaus glatt zu streichen, wieder mit dem Risiko verbunden, dass das Gerüst zusammenbrechen kann.

So verbringen wir den größten Teil der Zeit mit dem gemeinsamen Häuserbauen. Natürlich findet immer ein Qualitätsvergleich statt. Wer hat es geschafft, das längste und höchste Dach zu konstruieren? Dieses Mal ist es Irmgard.

In der nächsten Gestaltungsphase geht es um die Zuwegung zum Haus, um die Gestaltung des Umfeldes und des kleinen Gartens und die Abgrenzung zum Nachbarn. Naturmaterialien gibt es genug: kleine Steine, Stöcke, Blätter und so weiter. Der Zierrat darf nur nicht zu schnell vertrocknen, denn der Gebrauch von kostbarem Wasser ist bei diesem Spiel grundsätzlich verboten, da im Sommer immer Wasserknappheit herrscht.

Die Nachgestaltung des bekannten Mikrokosmos Haus, Hof, Garten und Felder nimmt schnell individuelle Formen an, wobei es für die mittleren Häuslebauer immer schwieriger wird, kreativ zu agieren, ohne etwas beim Nachbarn umzustoßen, da man nur von zwei Seiten aus agieren kann.

Der Eifer, dieses Unternehmen an einem Tag zu vollenden, lässt nicht nach. Welcher Reichtum an Abfall oder Müll hätte uns heute zur Verfügung gestanden! Da wäre es schwer gefallen, die passende Auswahl zu treffen. Aber in dieser verpackungsarmen Zeit finde ich beim Suchen am Wegesrand nur ein blasses Bonbon- und silbriges Schokoladenpapier. Das sind schon Kostbarkeiten. Der Weg zum Haus wird damit ausgelegt und der Hof bekommt ein großes silbernes Tor.

Voller Stolz blickt jeder auf sein Gesamtwerk. Kein Foto, keine Dokumentation? Für die Erwachsenen war das Fazit wichtig: Die Kinder haben den ganzen Nachmittag über »schön« gespielt und sich nicht gezankt. Eine Würdigung der Einzelkunstwerke fand nicht statt. Die schwarzen Knie am

Abend hatten sich gelohnt, für uns selbst. Jeder hatte sich ein vergängliches Stück Heimat geschaffen, einen abgeschlossenen Raum, der nur ihm gehörte und für andere nicht zugänglich war – ein heilsames Spiel in einer schwierigen Zeit.

Im Nachhinein und aus heutiger Sicht hätte man vielleicht den Impuls geben können: »Macht doch etwas gemeinsam und teilt die Aufgaben auf: vielleicht eine Kirche in der Mitte auf einem Berg und dann in Serpentinen den Berg hinunter?« Warum nicht? Die Antwort ist schnell gefunden. Unser Spiel bezog sich auf die damaligen Zeitumstände und unsere besonderen Bedürfnisse. Im Vordergrund stand der massive Wunsch, sich einen abgeschlossenen Eigenraum zu schaffen, auch wenn er oft nur einen Tag von Bestand war.

Das Wort Häusle hatten wir von einer liebenswerten älteren Frau, die als Flüchtling bei einem Nachbarn in einem notdürftig errichteten »Häusle« wohnte, in unseren Sprachschatz übernommen.

KIRSCHEN

Es ist Ende Juni und unser Freund Siegfried meint auf dem Schulweg: »Willst du heute kommen? Heute pflücken wir die Kirschen!«

Oh, ja, das will ich gerne. Endlich ein paar schöne saftige Glaskirschen. Siegfrieds Bruder Alfons klettert geschickt bis in die Baumspitze und beginnt, den Baum kräftig zu schütteln. Ich suche mit Siegfried die heruntergefallenen Kirschen auf, wobei wir ermahnt werden, keine zu zertreten. Ich bin in großer Versuchung, heimlich ein paar in die Schürzentasche zu stecken, aber das würde auffallen. Die Kirschen werden in einer großen Wanne gesammelt, die dann im Haus entleert wird.

Jetzt kommt der zweite Akt. Alfons muss sich von Ast zu Ast hangeln und die restlichen Kirschen abpflücken. Fällt ihm eine Kirsche weg, wird sie sofort aufgesammelt und landet auch in der Wanne. Keine Chance, überhaupt eine einzige Kirsche zu ergattern! Ich bin sehr enttäuscht. Maßlos enttäuscht.

Tellmanns sind Heuerleute, haben aber einen Sonderstatus, weil der Vater eine Werkstatt besitzt, in der er vom Handwagen bis zum Holzschuh Kreatives auf Wunsch anfertigt oder auch landwirtschaftliche Geräte repariert. Die Familie hat acht Kinder und dazu noch ein Waisenkind, ihre Nichte Mike, aufgenommen. Einen Jungen haben sie an eine Familie in einem Nachbarort abgegeben. Ich weiß nicht, wie Tellmanns ihre Kinder immer satt bekommen haben. Siegfried, unser Freund, nimmt bei uns nie ein angebotenes Butterbrot an.

Dafür haben Tellmanns einen großen Garten, direkt am Haus. Für uns jedoch tabu. Direkt vor dem Seiteneingang steht der große Baum mit den Glaskirschen. Um ihn beneide ich Siegfried. Leider gibt es keine herabhängenden Äste, die ich beim Spiel erreichen kann. Die Stare werden immer erfolgreich vertrieben. Brauchen Tellmanns etwa jede einzelne Kirsche zum Einmachen? Wie viele Gläser die Ernte wohl ergeben wird? Achtzig? Hundert? Keine Ahnung.

Bei uns Zuhause langt ein Glas Pflaumen als Nachtisch für alle, aber bei Tellmanns müssen es bestimmt zwei Gläser sein, rechne ich mir aus. Dann werden die leckeren Kirschen in diesem Jahr auch nur für sonntags reichen. Ja, ja, ich sehe schon ein, warum jede Kirsche so wichtig ist.

Schon ist das Pflücken zu Ende. Alfons ist nach unten geklettert. Ich kann es nicht fassen, dass ich keine einzige Kirsche abbekommen habe. Mein Magen knurrt. Der Heißhunger auf die saftigen Glaskirschen hat sich noch verstärkt.

»Was wollen wir jetzt spielen?«, fragt Siegfried. Aber

da schallt es aus dem Küchenfenster:

»Siegfried und Maria! Kommt doch eben mal rein, ich habe einen Stuten gebacken!«

Wir betreten die Waschküche und schon sind wir am Tisch in der Küche mit Tellmanns Mutter. Es riecht himmlisch. Ich sage nicht Nein zu der angebotenen frischen Schnitte mit Zucker, obwohl Mutter mir verboten hat, bei Tellmanns ein Butterbrot anzunehmen. Ist das Ungehorsam, wenn ich so freundlich eingeladen werde? Ich betrachte das Butterbrot als Ersatz für die Kirschen, auf die ich gehofft habe. Also, heute keine Schuldgefühle!

SOMMERFREUDEN

Duftendes Getreide, wogende Felder, Tau auf den Wiesen, Johannisbeeren und Stachelbeeren zum Sattessen – das ist Sommer pur. Diese Freude ist eng gekoppelt an einen großen Freiraum in Garten, Weide und Feld, denn die Erwachsenen haben keine Zeit zum Kontrollieren, sie haben genug in Haus und Garten zu tun. Eine nicht enden wollende Geschäftigkeit – die wetterbedingt ist – breitet sich schon am Morgen atmosphärisch in der Küche aus. Aber die Bezeichnung »Hektik« wäre nicht zutreffend, denn vieles geht seinen jahrzehntelang vorherbestimmten Gang. Arbeitsabläufe werden nicht in Frage gestellt, Arbeitseinteilungen, oft geschlechtsspezifisch bestimmt, sind von vornherein klar und brauchen nicht immer neu diskutiert werden. Mir ist nur bewusst, dass Mutter jetzt den ganzen Tag über auf dem Feld sein wird und nicht im Garten einmal kurz erreichbar. Heute soll mit der Roggenernte begonnen werden, denn es ist schon Ende Juli.

Eingeläutet wird die Sommerzeit durch das Sichten des

ersten Storches. Das bedeutet: Strümpfe und Schuhe ausziehen und »platt«, barfuß durch den Tag: ein riesengroßes Vergnügen, auch auf dem Schulweg. Die Erdverbundenheit spüren, durch das taufrische Gras entlang des Roggenfeldes laufen, in der Weide ein Wettrennen veranstalten, die harten Gartenwege entlangpatschen und am Abend die mit schwarzen Rändern geschmückten Füße in einer kleinen Wanne vor der Waschküche sitzend schrubben.

Kinder in ihrer Lebensfreude spiegeln in ihrem Gang ihre Gemütsverfassung wider, das kann ein wichtiger Hinweis für Pädagogen sein. Mal rennen oder hüpfen sie, mal tänzeln sie oder schleppen sich dahin. Wir, auf jeden Fall *wir*, rennen immer, wenn wir in der Weide Wasser pumpen müssen. Oft ist nicht genug Wasser im hauseigenen Brunnen, sodass Mutter einen Eimer Wasser von der Nachbarin holen muss, damit die Pumpe wieder anschlägt. Kostbares Nass! Selbst das Salatspülwasser wird zum Blumenbegießen genutzt.

Im Juli ist endloses Johannisbeerenpflücken angesagt, die Beeren werden zum großen Teil verkauft. Als ich mittags noch schlafen durfte (da war ich vielleicht zwischen drei und vier Jahren alt), bin ich immer nach dem Aufwachen durch das Schlafzimmerfenster in den Garten geklettert – über einen kaputten »Draußenstuhl«.

Aber heute ist alles anders. Ich bin ein Schulkind.

»Diesen Busch könnt ihr Kinder wohl schaffen!«, sagt Mutter und stellt uns den Eimer unter den reich behangenen Strauch, bevor sie sie zum Garben binden und Hocken aufs Feld muss.

»Ein bis zwei Stunden Arbeit«, schätzt Irmgard, »wird das blöde Pflücken wohl dauern.«

Unser Stöhnen können wir ruhig für uns behalten, denn uns hört niemand.

»Werden die Beeren verkauft?«, frage ich Irmgard, nicht ohne Hintergedanken. Das bedeutet nämlich, dass die Beeren vorsichtig, Rispe für Rispe gepflückt werden müssen.

»Nee«, meint Irmgard, »ich glaube, die will Tante Sefa einmachen.«

Das freut mich und schon verfalle ich in ein wildes Grabschen. Irmgard schaut mich erstaunt an, dann lacht sie laut, als sie sieht, wie ich mich über den Busch hermache und schon grabschen wir um die Wette. Dabei werden natürlich auch Blätter mit abgerissen, die ebenfalls im Eimer landen. Egal! Hauptsache, der Busch ist bald leer. An meiner Seite ist er schon relativ kahl. Die zerdrückten, matschigen Johannisbeeren sind doch bestens geeignet für die von mir so geliebte kalte Haferflockensuppe, manchmal auch mit Schwarzbrot und Rosinen angereichert.

Doch was ist das? Haben wir ein leichtes Grollen in der Ferne gehört? Ich schaue nach oben. Der Himmel beginnt sich zu verdunkeln. Gewitterwolken! Oje! Oder Gott sei Dank das Ende der blöden Arbeit?

So rennen wir nach dem ersten Donnergrollen panikartig dem Haus entgegen. Tante Sefa ist auch schon vor die Tür getreten, um uns reinzurufen.

»Halt, so schnell kommt das Gewitter doch wohl nicht. Lauft doch noch eben zurück und bringt den Eimer mit!«

Schlagartig drehen wir um, um den Eimer zu holen. Zu zweit schleppen wir ihn ins Haus, er ist schon fast voll. Auf jeden Fall wissen wir, dass wir jetzt elektrische Leitungen und Wasserzuläufe meiden sollen.

Während des Gewitters ist das Rosenkranzbeten angesagt. Wir sitzen in einer Reihe in der Mitte der Küche, haben die besten Schuhe und Mäntel an, denn Schuhe und Mäntel sind teuer und können nicht soeben mal ersetzt werden. Mutter holt ihre

Handtasche mit den wichtigsten Papieren aus dem Schlafzimmer. Diese Vorkehrungen sind bei einem Blitzeinschlag überlebenswichtig. Ist das Gewitter vorbei, werden schnell die besten Schuhe unters Bett gestellt, die Socken ausgezogen, das Sommerkleid wird in die Unterhose gesteckt und dann geht es – Plitsch! Platsch! – durch die warmen Pfützen auf den Hof. So lange, bis wir nass sind oder unser landwirtschaftlicher Gehilfe die Pferde rausbringen will. Der darf und soll uns ja nicht in Unterhosen sehen.

Man stelle fest, dass die Erwachsenen diese kindlichen Vergnügungen durchaus tolerierten, sie aber selten in der Lage waren – aufgrund ihrer eigenen Erziehung und des Umfeldes –, Kinder Kinder sein zu lassen, was die jungen Mütter heute bewusst oder manchmal auch mit zu viel Nachsicht praktizieren.

Im Kohl

Im Herbst veranstalten Irmgard und ich mit unserem Freund Siegfried immer einen Holzschuh-Weitwurf-Wettbewerb am Kohlfeld. Die stämmigen Blaukohlpflanzen, die zunächst im Garten herangezogen, dann vereinzelt werden, um im Feld in Reihen ausgepflanzt zu werden, müssen im Herbst geerntet werden. Die prächtige Kohlstaude entwickelt bis dahin große Blätter, die wir Kinder abblättern dürfen. Danach werden die kahlen Stämme knapp über dem Boden von den Erwachsenen abgeschlagen und in die Miete gefahren. Dieser Blaukohl ist eine beliebte Zwischenfrucht für die Kühe vor dem ersten Frost, wenn sie schon aufgestallt sind. In dieser Zeit verzichte ich allerdings oft auf die abendliche Milchsuppe, weil ich mir einbilde, dass sie nach Kohl schmeckt.

Wenn die Großen es uns gestatten, den Kohl abzublättern,

sind wir froh, denn dann kann unser jährlicher Wettbewerb beginnen. Ein Fest im Kohl nach unseren Vorstellungen!

Zuerst werden die Kohlreihen gezählt und dann gerecht auf drei Teilnehmer verteilt. Dann stellt sich jeder vor seine Reihe, und nach einem abgesprochenen Startkommando drücken wir die Blätter von den Strünken, es darf kein Blatt hängenbleiben. Wer das schafft und zuerst am Ende der Reihe angelangt ist, gewinnt einen Punkt. Der erste Teil des Spiels endet, wenn alle Blätter abgeerntet sind. Sie bleiben auf dem Boden liegen.

Da stehen sie nun, die kahlen Kohlstümpfe, all ihrer Pracht beraubt. Fast tut uns das ein bisschen leid. Aber jetzt beginnt der zweite Teil des Spiels. Wir stellen uns an der Längsseite des Feldes auf und werfen auf Kommando einen Holzschuh, so weit wir können. Dann den zweiten hinterher! Es macht Spaß, den Holzschuh segeln und landen zu sehen. Schnell zwischen den Stämmen durchrennen und den Hölzken noch einmal ganz weit werfen, so lange, bis das Feld überquert ist. Barfuß übers Feld und dann zurück zur Startlinie. Schnell haben wir das ganze Feld endgültig in Besitz genommen – mit juchhu und juchhei! Die Holzschuhe haben keinen Schaden genommen, aber die nackten Füße strotzen vor Staub und Dreck. Wir haben das Feld besiegt – mit einer Menge Energie und viel Spaß. Wer ist eigentlich Erster geworden? Unwichtig.

Das dicke Ende lässt nicht auf sich warten. Als wir abends auf der steinernen Stufe vor der Waschküche zum Füße waschen sitzen und Mutter vom Melken zurückkommt, schüttelt sie nur den Kopf.

»Also, Kinder … wenn ich nicht wüsste, dass *ihr* im Kohl wart, würde ich behaupten, dass das die Wildschweine waren.«

Es hat gefroren. Die Gartenwege hinter dem Haus antworten mit Knacken und Knistern beim Gehen. Nur der kleine Weg hinter der Stube ist mit Trippelschritten festgetreten. Das leere Beet hinter dem Fenster habe ich jeden Tag geharkt, bevor der Frost gekommen ist. Ein paar Rübenschnipsel liegen verstreut herum, so als ob jemand zum Dank für eine Mahlzeit noch ein paar Krümel zurückgelassen hätte.

In der Tat! Das sind die Überreste der guten Gabe an das Christkind für seinen nimmermüden Esel – denn das Christkind besucht vor Weihnachten die Häuser und schaut, wen es wie am Heiligabend belohnen wird. Da ist es doch logisch, wenn ich über die Belastung des Esels, Abend für Abend, sei es zu Fuß oder im Flug über den Himmel, nachdenke. Ich muss dem Esel eine Stärkung bereitstellen. Er darf ja nicht schlappmachen, er darf nicht zusammenbrechen, damit er dann an Heiligabend vollbepackt die langersehnten Geschenke heranschleppen kann.

Übrigens, auf die Frage »Darf ich heute den Esel füttern?« gab es oft eine verneinende oder ausweichende Antwort. Heute weiß ich, dass die Rüben rar waren und eigentlich zu schade, um draußen zu verfrieren – genauso rar war das Bargeld, um immer wieder Spekulatius zu kaufen, den das Christkind ja als Belohnung hinterließ. Da kommt es in der Adventszeit gut aus, dass es bei all der Anspannung und Aufregung hinter dem Stubenfenster unter uns dreien mehr Zank und Streit gibt als zu anderen Jahreszeiten und so die Belohnung zu Recht verweigert wird.

Die vorweihnachtliche geheimnisvolle Stimmung ist auch heute Morgen da. Hat das Christkind uns besucht? Nein? Oder doch? Auf dem Boden liegen kleine Flicken von buntem Stoff.

Ein Hinweis auf das Nähen von Puppenkleidern.

»Das kann nur das Christkind gewesen sein«, denke ich. »Es hat Mutters Nähmaschine benutzt. Blaue, rosafarbene und gelbe Flicken. Das kommt hin.« Irmgard bekommt immer die roten, ich die blauen und meine jüngere Schwester die gelben Puppenkleidchen. Welch himmlische Vorfreude auf das nahende Fest! Im Nachthemd, barfuß in der Stube, kann ich den außerirdischen Duft, der im Raum schwebt, noch wahrnehmen. »Christkindele, Christkindele, komm doch zu uns herein!«, würde ich jetzt am liebsten laut singen, aber das Singen am Morgen, das ist bei uns nicht üblich.

Katzenwäsche, anziehen, Zöpfe flechten lassen, dabei das Morgengebet laut daherbeten und Pfannkuchen essen. Mit Holzschuhen, Zipfelmützen, Fausthandschuhen und dem Tornister auf dem Rücken geht es der Schule entgegen. Die Teerstraße mit dem runden Buckel in der Mitte verdient ihren Namen nicht mehr, denn sie besteht aus lauter Schlaglöchern, die sich aneinanderreihen. Bei Eis und Schnee eine gefährliche Strecke für die abgelaufenen glatten Holzschuhe. Aber es gibt Gott sei Dank noch den Sandweg, den Sommerweg für die Pferde zum Ausweichen.

Ein Adventskranz, Kerzenlicht in der Schule? Fehlanzeige. Aber das gedämpfte Licht hat trotzdem etwas Geheimnisvolles für mich. Zu Weihnachten etwas malen, basteln? Ebenfalls Fehlanzeige. Heute ist Musikstunde, da könnten wir in aller Vorfreude alle Nikolaus- und Weihnachtslieder mitschmettern? Auch Fehlanzeige! Der Pastor ist gekommen, um ein neues Kirchenlied mit uns einzuüben: »Ich steh an deiner Krippen hier.« Ein schweres Lied für uns, eigentlich zu schwer für Grundschüler. Der Pastor ist nicht mit uns und unserer Aufmerksamkeit zufrieden. Mit einem verkniffenen Gesicht verlässt er die Schule. Es ist nicht schwer, uns ein schlechtes Gewissen zu vermitteln. In Gedanken an das Christkind trotte ich nach Hause. Heute Abend will ich nicht streitsüchtig sein, sondern mit meinen Schwestern alle Weihnachtslieder durchsingen, die wir kennen. Vielleicht liegen dann morgen früh doch wieder Spekulatius vor dem Fenster.

DAS CHRISTKIND AUS MÜNSTER

Es ist Heiligabend. Obwohl wir uns oft streiten, sitzen wir drei Mädchen heute einträchtig vor dem Stubenfenster. Der Blick geht über das Feld zur Landstraße hin. Mit unserem Atem haben wir drei Gucklöcher in die mit Eisblumen besetzten Scheiben gepustet. Wir liegen auf der Lauer, halten Ausschau nach einem angekündigten Gast, der von allen Familienmitgliedern sehnlichst erwartet wird.

»Da kommt sie ja!«, ruft Hedwig in die Stille hinein.

»Wer? Wo?«, schreien wir beiden Großen ganz aufgeregt. Die Gestalt kommt näher und wir erkennen unsere Nachbarin, die wahrscheinlich zum Bäcker nebenan will.

Und dann sehen wir sie doch kommen: die Tante aus Münster. Mit drei großen Taschen. Uns hält nichts mehr. Schnell den Mantel überstülpen und rein in die Holzschuhe.

»Wollt ihr keine Handschuhe anziehen?«, ruft Tante Sefa uns noch nach, aber wir rennen schon über den Hof, um die Tante noch auf der Straße abzufangen.

Tante Lisbeth ist stehen geblieben, hat die Taschen abgestellt und begrüßt uns freudig. Wir geben ihr die Hand und machen artig einen Knicks, denn die Tante achtet sehr auf Höflichkeit, das wissen wir. Sie ist schließlich aus der großen Stadt Münster angereist.

»Dürfen wir deine Taschen tragen?«, fragen Irmgard und ich wie aus einem Mund.

Tante Lisbeth überlegt. »Hm, diese breite Tasche könnt ihr beiden Großen wohl tragen, wenn jede an einer Seite anpackt. Die anderen behalte ich. Das schaffe ich noch!«

Sie schaut uns immer wieder an und strahlt. Wir merken, sie mag uns, sie ist mit uns verbunden.

In der Küche fällt die Begrüßung mit ihren Schwestern auch herzlich aus. Mittags gibt es Tante Lisbeths Leibgericht: Graupeneintopf mit einer Mettwurst, die unter den Erwachsenen aufgeteilt wird.

Zum Nachtisch holt Mutter ein Glas Johannisbeeren aus dem Keller. Dann folgt der lange Nachmittag, den wir im Wohnzimmer verbringen. Die Tante stellt viele Fragen. »Wie geht es in der Schule, Irmgard? Kannst du mir schon etwas vorlesen?« Sie freut sich, dass meine Schwester in der Schule so gut zurechtkommt. Und dann wendet sie sich an mich.

»Freust du dich auch schon auf die Schule?«

Ich antwortete etwas zögernd. »Och, ich weiß nicht!« Meine Gedanken sind ganz woanders. Was wird das Christkind mir bringen? Bekomme ich endlich die lang ersehnte Puppe?

Bis zur Vesperzeit spielen wir dann das einzige Spiel, das wir besitzen: Mensch ärgere Dich nicht. Irmgard gewinnt und ist glücklich, überhaupt scheint sie sehr zufrieden zu sein, seitdem Tante Lisbeth da ist.

»Ich glaube, das Christkind bringt uns etwas sehr Schönes!«, flüstert sie mir zu.

Mir ist völlig unverständlich, woher sie das weiß. Dann endlich haben die Erwachsenen ihre Arbeit in den Ställen beendet und es gibt Abendbrot: den Rest Graupensuppe von mittags und Milchsuppe. Wir drei kriegen keinen Bissen herunter, sondern sitzen zappelnd auf dem Torfkasten neben dem Herd und beginnen die bekannten Weihnachtslieder zu singen.

Endlich verschwindet Mutter in der Stube, um dem Christkind zu helfen. Seit dem Vesperbrot ist die Tür abgeschlossen, das Glasfenster mit einem Tuch verhüllt. Unser Gesang wird lauter und intensiver. Da! Hörte das sich nicht wie ein Klingeln an? Ja, noch einmal ein ähnlicher Ton! Und jetzt kann man durch das Tuch hindurch Kerzenschimmer sehen. Mutter tritt mit geröteten Wangen heraus.

»Ich glaube, das Christkind war da!«

Vorsichtig tappen wir in das Weihnachtszimmer, aus dem soeben das Christkind entschwebt ist. Auf dem Tisch steht der Tannenbaum, wunderbar geschmückt, und es dauert eine Weile, bis ich mich an das warme Kerzenlicht gewöhnt habe. Ich bin ganz überwältigt und kann den Blick vom Tannenbaum nicht abwenden. Wir stehen rund um den Tisch, die Erwachsenen singen und wir Kinder sind einfach sprachlos. Dann aber fällt der Blick unter den Baum, dorthin, wo die Geschenke liegen. Ich entdecke ein Paar gestrickte Handschuhe, aber was mag darunter liegen? Eine Apfelsine, ein Paket Feigen, ein paar Spekulatius? Toll, diese Leckereien muss ich mir gut einteilen, damit ich auch nach den Festtagen noch etwas davon habe.

»Jetzt könnt ihr euren bunten Teller anschauen. Nachher singen wir noch weiter«, lautet die Ansage.

Ich trete näher an den Tisch heran. Unter den Handschuhen entdecke ich eine Tafel Schokolade. Eine ganze Tafel nur für mich! Sonst müssen wir immer durch drei teilen.

Plötzlich ertönt ein lautes Geräusch, es rattert und rattert. Was ist das? Ich bin wie vom Blitz getroffen. Ist jetzt wieder Krieg? Muss ich mich verstecken? Ich löse mich aus der Starre und renne zu Mutter hinüber. Genau in diesem Moment hört das Geknatter auf. Die Erwachsenen schauen mich lächelnd an.

»Das ist doch nur ein Wecker.«

Tante Lisbeth holt das angsteinflößende Gerät unter dem Tannenbaum hervor und zeigt es mir. Für mich ein schlechter Trost. Ich heule weiter, eigentlich aber aus Enttäuschung, weil das Christkind mir meinen geheimen Herzenswunsch, eine Puppe, nicht erfüllt hat.

Wie oft hatte ich es heimlich darum gebeten? War ich nicht artig genug gewesen? War das Christkind böse, weil ich noch immer auf den Fingern lutsche und manchmal vom Zucker nasche? Das sollte wohl der Grund sein.

»Ihr müsst auch einmal unter den Tisch schauen! Ich glaube, da findet ihr noch etwas Schönes«, meint Tante Lisbeth.

Irmgard hat sofort reagiert und schon einen Karton unter dem Tisch hervorgeholt. Sie dreht ihn zu mir um und ich sehe eine wunderschöne Puppe. Eine Puppe für drei Mädchen! Oh! das wird sicher Streit geben. Ganz enttäuscht verziehe ich das Gesicht. Immer Irmgard, denke ich. Nur weil sie die Älteste ist. Mutter hat mich wohl beobachtet und sagt:

»Nun schau du doch auch mal unter dem Tisch nach.«

Gespannt krieche ich unter den Tisch und erwische gleich zwei Kartons. Rumms! – bin ich mit dem Kopf gegen die Tischkante gestoßen. Aber der Schmerz ist schnell vergessen. Noch eine Puppe für mich und für Hedwig!

Ich bin ganz selig, kann mein Glück kaum fassen. »Meine Franziska!« Den Namen habe ich mir schon lange vorher ausgesucht. Franziska steht wie eine Schaufensterpuppe im blauen Karton, der mit einer weißen Borte eingerahmt ist. Arme und Beine werden von Gummis gehalten. Schnell ein Seitenblick auf die Puppen meiner Schwestern: Die Farben ihrer Kleider sind rosa und gelb, meine Puppe trägt ein himmelblaues Kleid. Himmelblau ist meine Lieblingsfarbe.

Das passt alles ganz genau so, wie ich es mir so oft

ausgemalt habe. Das Christkind hat mich nicht vergessen, nein, es hat meine geheimsten Wünsche erfüllt. Danke! Du liebes Christkind! Danke.

Der Rest des Abends vergeht mit der Bewunderung der Puppen, dem Betrachten aller Einzelheiten: kämmbares Haar, Spitzenunterrock, Söckchen und schwarze Lackschuhe. Aber herausnehmen dürfen wir die Puppen noch nicht.

»Bis morgen könnt ihr sie doch noch wohl im Karton lassen? So sehen sie wunderschön aus.«

Wir gehorchen und verschwinden überglücklich in unseren eiskalten Betten, die Mutter aber schon mit einem heißen Stein etwas vorgewärmt hat.

Bildlich vor Augen bleibt mir immer eine Szene aus dem ersten Schuljahr, als ein Mädchen mehrfach durch Stockschläge in die Hand bestraft wurde. Agnes, so hieß das Nachbarmädchen, sollte wegen der vielen Fehler im Diktat diese Stockschläge erhalten. Ihre rechte Hand war durch eine Brandnarbe etwas verwachsen, weil sie sich zu Hause einmal aus Versehen auf der Herdplatte abgestützt hatte. Die Narbe konnte ich erfühlen, wenn Agnes mir bei Kreisspielen die Hand gab.

Agnes holte sich die Stockschläge ab, weinte nicht, sondern zuckte nur mit den Schultern und warf dabei den Kopf hin und her. Diesen Tick kannten wir von den Pausen. Der Lehrer aber legte ihr seltsames Verhalten wohl als Untergrabung seiner Autorität aus. Er lief puterrot an und schrie: » Zurück, du Blag, was fällt dir ein! Sofort zurück, Hand auf!«

Und wieder gab es drei Schläge.

Jetzt war Agnes den Tränen nahe. Sie drehte sich zur Klasse um, zuckte mit den Achseln und warf erneut den Kopf hin und her. Der Lehrer war außer sich vor Wut, wir Kinder hielten die Luft an. Was würde jetzt noch kommen? Würde er weiter prügeln, an ihren Ohren und Haaren ziehen? Das hatten wir alles schon erlebt. Im schlimmsten Fall wurde das Opfer dann auf dem Flur noch einmal richtig verprügelt. Diese Spannung konnte ich nicht aushalten und fing laut an zu weinen. Der Lehrer hielt inne, schaute mich böse an und schrie: »Hör auf zu heulen, dir ist doch nichts passiert!« Doch ich konnte nicht so schnell aufhören und schniefte noch eine ganze Zeit lang weiter. Dabei machte ich mich immer kleiner und wäre beinahe unter die Bank gerutscht. Agnes war inzwischen bei ihrer Bank angekommen und hatte sich hingesetzt. O Wunder! Der Lehrer

Erstklassige Volksschule Warnstedt, 1948. Mit Hauptlehrer Gerhard Janssen. Maria Rechtien: erste Reihe, sechste von rechts. Irmgard Rechtien: zweite Reihe, vierte von rechts

beachtete uns beide nicht weiter, ging schnaubend zur Tafel und setzte den Unterricht fort.

Diese Übergriffe des Lehrers galt es täglich auszuhalten. Auf solche Szenen hatte mich das Leben in der Vorschulzeit nicht vorbereitet, Geschrei und Schläge kannte ich nicht.

Bevor ein Kind heutzutage eingeschult wird, muss vorher geklärt werden, ob es schulfähig ist, sonst wird es vom Schulbesuch zurückgestellt. War ich damals schulreif? Das folgende Protokoll gibt darüber Auskunft:

Fiktives Protokoll vor der Einschulung (1948)

Teilnehmer: Hauptlehrer Janssen, Mutter und ich. Wir befinden uns im Schulgebäude der einklassigen Volksschule in Warnstedt, im einzigen Klassenraum. Es ist kurz vor Ostern. Der Hauptlehrer sitzt erhöht auf einem Podest, Mutter und ich haben davor in der niedrigen Bank des ersten Schuljahres Platz genommen.

Hauptlehrer: »Wie heißt sie« – er zeigt auf mich – »mit Vornamen?«

Mutter: »Maria. Genau wie ich.«

Hauptlehrer: »Ah, nach Irmgard kommt also Maria. Maria, genau wie die Mutter. Leicht zu merken.«

Hauptlehrer (mich musternd): »Ist Maria auch gesund? Sie sieht so blass aus.«

Mutter: »Ja, jetzt geht es wieder, die Kinder hatten den ganzen Winter über Masern und einen schlimmen Keuchhusten.«

Hauptlehrer: »Aber groß genug ist sie ja. Wird sie etwa schon nach Ostern sieben?«

Mutter: »Nein, sie ist gerade erst sechs geworden. Die Größe hat sie vom Vater, aber der ist ja … im Krieg geblieben.« (Mutter wendet sich ab und schluchzt.)

Hauptlehrer, schnell freundlicher, Mutter zugewandt: »Irmgard ist ja gut im Lesen und im Rechnen, hat Maria auch Interesse daran?«

Mutter, langsam, zögernd, überlegend: »Interesse an der Schule? Na ja. Ehrlich gesagt, ich glaube nicht, dass sie sich schon mal die Fibel von Irmgard angeschaut hat. Ich habe am meisten Angst davor, dass sie nicht den ganzen Morgen still sitzen kann.«

Hauptlehrer(an mich gewandt): »Soso, also ein Zappelphilipp. Das werde ich dir schon abgewöhnen.« (Dann wieder über mich hinweg:) »Kann Maria denn schon bis zehn zählen?«

Mutter (nachdenklich): »Hm … Ich glaube, sie kann bis sechs zählen. Ja, bis sechs kann sie zählen. Wir haben nämlich sechs Kühe. Aber weiter nicht. Nein, neulich hat eine Sau zwölf Ferkel geworfen. Nein, die konnte nur Irmgard zählen. Maria hat immer nur gesagt: ›Sind das aber viele!‹«

Hauptlehrer: »Muss ich sonst noch was über Maria wissen?«

Mutter, schnell antwortend: »Nein, nein! Alles normal.« (Dass ich immer noch auf den Fingern lutsche und schnell anfange zu weinen, das muss ja keiner wissen.)

Und schon sind wir aus der Tür. Der Hauptlehrer macht ein Fragezeichen hinter meinem Namen auf seiner Liste.

Diese Begegnung hat nie stattgefunden, macht aber deutlich, dass in kognitiver sowie sozialer Hinsicht durchaus Zweifel an meiner Schulfähigkeit bestanden hätten. Der Hauptlehrer kannte zwar die Verhältnisse im Dorf, besonders die Anzahl der Kinder in den Familien, aber um die einzelnen Kinder und ihren Entwicklungsstand konnte er sich bei einer Schülerzahl von über achtzig Kindern nicht kümmern. Das wäre ihm bei einer geringeren Schülerzahl auch nicht eingefallen, und es war damals auch nicht üblich.

Nach dem Zweiten Weltkrieg war das Leben in Stadt und Land auf das vorindustrielle Niveau zurückgefallen. Es ging zunächst einmal ums nackte Überleben. Bildung und Erziehung verliefen auf der vorgegebenen ausgetretenen Spur.

Die Flüchtlinge aus dem Osten, die ein anderes Kulturgut mitgebracht hatten, waren am Anfang mit der Sicherung der eigenen Existenz total ausgelastet, sodass auch sie das vorgefundene Kulturgut nicht aufmischen konnten.

Der Unterricht nach dem Krieg unterschied sich kaum von dem in der Weimarer Republik, abgesehen von der politischen Ausrichtung. Mutters und meine Erzählungen über den Schulalltag sind so fast deckungsgleich. Die meisten Inhalte und Methoden waren festgeschrieben. Der Lehrer bestimmte autoritär das Erscheinungsbild seiner Schule und genoss in der Bevölkerung ein hohes Ansehen.

Die Alliierten wollten nach dem Krieg das dreigliedrige System abschaffen und eine Einheitsschule starten, was ihnen aber nicht gelang, weil sie den Ländern schon früh die Kulturhoheit zurückgegeben hatten und die sich zum Teil gegen diese Entscheidung stellten und sie dann hinauszögerten.

Im Zuge der Entnazifizierung wurden viele Schulleiter – auch wegen des Personalmangels – zu Mitläufern deklariert und deshalb einfach nur an einen anderen Dienstort versetzt. So auch unser Hauptlehrer, der mich am Ende des ersten Schuljahrs als unbegabt, als dumm bezeichnen wird.

Schulbücher gab es kaum im Nachdruck. Neue oder überarbeitete Auflagen schon gar nicht. Die meiste Zeit des Unterrichts am Morgen verbrachte (verträumte) ich in der Stillarbeit, denn der Lehrer musste ja in einigen Fächern (Rechnen, Lesen und Schreiben) acht Schuljahre mit Stoff versorgen. Das hatte für aufgeweckte Kinder Vorteile. Sie bekamen den Stoff höherer

Jahrgänge mit oder konnten noch einmal den Stoff eines niedrigen Schuljahres wiederholen. Ich gehörte nicht zu dieser Gruppe, denn mein ganzes Denken und Verhalten war mit Angst besetzt. Begabte Schülerinnen des letzten Jahrgangs wurden oft als Hilfslehrerinnen für die ersten Jahrgänge eingesetzt. In den Pausen spielten die großen Mädchen mit uns viele Kreisspiele, an denen auch Jungen teilnahmen. Die großen Mädchen waren sehr beliebt. Vor ihnen brauchte man keine Angst zu haben. Die Pausen waren für mich pure Entspannung, denn nach jeder Stunde verschwand der gefürchtete Lehrer im Lehrerhaus.

Wir Kinder in der Unterklasse hatten jeden Tag vier Stunden, die Oberklasse fünf (natürlich auch samstags). Der Ablauf des Tages war immer gleich. In der ersten Stunde war Religion angesagt: zuerst das Abfragen der Bibelgeschichten oder der Fragen aus dem Katechismus. Für mich als Schulanfängerin bedeutete das, mit gefalteten Händen dazusitzen und zuzuhören. Zuhören, wie Schimpftiraden losgelassen wurden, weil die Texte nicht flüssig auswendig gelernt worden waren. Ich empfand diese Atmosphäre immer als sehr bedrohlich, besonders, wenn der Stock dann noch zum Einsatz kam. Auch die verbale Attacke wie »Doof bleibt doof, da helfen keine Apothekerpillen ...« war ziemlich furchterregend. Der Lehrer hatte kein Verständnis für weniger Begabte. Bei ihm gab es nur Fleißige oder Faule. Dummheit oder Unwissenheit wurde ironisch kommentiert oder körperlich bestraft. In der Ecke stehen und die Wand anstarren oder auf der »Eselsbank« sitzen, das war eine milde, sehr milde Strafe. Dann gab es im Katalog der Strafen auch noch die zeitraubenden Strafarbeiten, zum Beispiel musste man hundertmal schreiben: »Ich darf nicht mit Steinen werfen. Ich darf keine Kirschen stehlen. Ich darf mich nicht in der Kirche umsehen.« Daraus folgt, dass auch Vergehen, die nachmittags oder sonntags begangen wurden und dem Lehrer zu Ohren gekommen waren – er ging fast jeden Abend in die Wirtschaft nebenan –, geahndet wurden. Ich hatte wohl insgesamt großes Glück, denn irgendwie blieb ich von all diesen Strafen verschont, sonst hätte ich das sicher bei meiner Veranlagung im Leben nicht vergessen.

Nach dem Ende des ersten Schuljahres wurden die Schüler in Ober- und Unterklasse aufgeteilt. Wir Kinder in der Unterklasse, vom ersten bis zum vierten Schuljahr, bekamen einen Junglehrer, der sehr engagiert war und uns die Angst vor der Lehrperson nahm, sodass ich schnell alles aufholte, was ich im ersten Schuljahr verträumt oder nicht aufgenommen hatte.

ERSTER SCHULTAG

»Irmgard hat einen guten Anfang gemacht« – so lautet die Beurteilung am Ende des Schuljahres. Und jetzt bin ich dran. »Nimm die Finger aus dem Mund!«, bekomme ich vorher oft zu hören, denn die Kompensation des ganzen Frusts im Alltag ist mit dieser Ersatzbefriedigung verbunden. »Still sitzen kannst du auch nicht, wie soll das nur in der Schule klappen?« heißt es bei Tisch.

Irgendwie freue ich mich aber doch auf den ersten Schultag. Das liegt an der neuen Schürze, die ich vorbinden darf. Tante Lisbeth, das heimliche Erziehungsoberhaupt unserer Familie, hat zu Ostern drei wunderschöne Schürzen mitgebracht. Sie sind am Latz und an den Trägern mit Rüschen verziert. Solch eine Schürze habe ich noch nie gesehen, hat niemand im ganzen Ort. Und ich darf sie am ersten Schultag tragen, darauf freue ich mich am meisten. Meine größte Sorge ist: Werden zwei mit Marmelade bestrichene Brote ausreichen, um einen ganzen Vormittag zu überstehen? Und noch ein Problem beschäftigt mich: Werde ich verstehen, was der Lehrer sagt, der spricht doch bestimmt nicht Plattdeutsch?

Und dann ist der erste Schultag endlich da. Meine große Schwester nimmt mich an der Hand und der Schulweg beginnt. Mutter bleibt an der Straße stehen und sieht uns noch lange nach, als wir in Holzschuhen, mit der neuen Schürze über dem einzigen Sonntagskleid, das aus Stoffresten zusammengenäht wurde, uns zu Fuß auf den Weg machen. Es ist April und schon recht mild. Am gebrauchten, braunen Tornister baumeln zwei frische Stofflappen, die an einer Schiefertafel befestigt sind. Weiterhin befindet sich im Tornister ein neuer Griffelkasten, auf den oben eine rote Rose aufgemalt ist, darin zwei angespitzte Griffel. Dann gibt es noch die Fibel von Irmgard und das Wichtigste: zwei in Pergamentpapier eingewickelte Butterbrote.

Wir beide sind eilig unterwegs, denn wer zuerst bei der Schule eintrifft, darf auch auf dem »ersten« Platz sitzen, so ist es im letzten Jahr gewesen. Die Sitzplätze sind alle durchnummeriert, der erste Platz befindet sich in der ersten Reihe, vorne links. Als wir endlich außer Atem ankommen, ist aber schon ein anderes Geschwisterpaar schneller gewesen. Unsere Enttäuschung ist groß, doch dann kommt alles anders. Der Hauptlehrer ordnet eine alphabetische Sitzordnung an, die Jungen sitzen rechts, die Mädchen links vom Mittelgang. Jeweils fünf Kinder müssen sich in eine Bank zwängen, vor sich ein geneigtes Pult mit einer Öffnung für ein Tintenfass. So sitze ich in der ersten Reihe, ohne große Distanz zum wortgewaltigen Lehrer, der achtzig Kinder befehligt.

Es geht gleich zur Sache. Kurzes Aufwärmen …

»War der Osterhase auch da?«

Danach werden Bonbons verteilt, hat Irmgard mir vorher prophezeit. Fehlanzeige! Bei fünfzehn Schulneulingen und einem knappen Lehrergehalt, dezimiert durch abendliche Kneipenbesuche, nicht verwunderlich. Aber ich atme erst mal erleichtert auf. Der Lehrer spricht klar und deutlich und ich kann alles verstehen, was er auf Hochdeutsch sagt.

Jetzt geht es schon an die Vorbereitung der Stillarbeit.

»Nehmt die Fibel raus und schlagt sie auf!«

Auf der ersten Seite erscheint ein Kind, das sich unter einer Pumpe wäscht.

»Was ruft der Junge?«

Alle schreien: »IIIIIH!«

Das kleine i ist entdeckt und muss jetzt auf die Tafel in die vorgesehenen Reihen geschrieben werden. Die Helfer und Helferinnen aus dem achten Schuljahr führen uns die Hand, währenddessen der Lehrer sich dem zweiten Schuljahr zuwendet. Ich bin ganz verkrampft, und schon bricht der Griffel ab, die Zeile wird nicht mehr getroffen, das Geschriebene schnell mit Spucke abgewischt und ein neuer Versuch auf der verschmierten Zeile gestartet. Keine Muße, keine Zeit zum Träumen. Und dazu noch der Wettbewerb: »Wir wollen mal sehen, wer am schönsten schreiben kann.« Ich bin das auf jeden Fall nicht.

Endlich Pause.

Ich tröste mich mit meinen Butterbroten, inspiziere kurz das Toilettenhäuschen mit den Plumpsklos und suche die Nähe meiner Schwester. Der Lehrer frühstückt nebenan im Lehrerhaus mit seiner Frau. Er bestimmt die Länge der Pause, die mit einem Pfiff beendet wird. Das bedeutet nach Geschlechtern getrennt zu zweit aufstellen, die Jüngsten vorne.

In der zweiten Stunde wird die Tafel umgedreht, nun gilt es Einsen in die kleinen Rechenkästchen zu schreiben. Wer fünf lange Reihen geschafft hat, darf Ostereier unten auf die Tafel malen. Am Schluss der Stunde kommt die Anweisung, alles auszuputzen und zu Hause dieselbe Arbeit zu wiederholen.

»Hat der Lehrer mit dir geschimpft? Konntest du alles verstehen?«

Lauter Fragen, die ich vor Müdigkeit kaum beantworten mag. Ein paar Kartoffeln mit Apfelmus lustlos vertilgen und dann schnell ins Bett. Das ist die beste Medizin für mich. Die Hausarbeiten werden erst mal aufgeschoben.

Kaputt

Es ist Winter. In wenigen Minuten wird die Schule beginnen. Irmgard und ich sitzen zusammengekauert in der Ecke des nicht geheizten Flures der Schule. Weil es so kalt ist, hat uns die Frau des Hauptlehrers schon vor dem Unterrichtsbeginn in das Gebäude gelassen, damit wir nicht draußen frieren müssen. Meinen Tornister habe ich auf den Steinfußboden neben das Türfenster gestellt.

Die Jungen haben wie meistens nicht anderes im Sinn, als die Mädchen zu ärgern. Sie treten gegen unsere hohen Schnürschuhe und drängen uns in der Ecke zusammen. Plötzlich macht es »Klirr!«

Alle Schulkinder halten die Luft an …

Ein Loch in der großen Scheibe des Türfensters. Alle Augen sind auf mich gerichtet. Kein Zweifel, *ich* muss das gewesen sein, obwohl ich mich bewusst doch gar nicht bewegt habe. Die Jungen sind die Schuldigen, weil sie uns so weit in die Ecke geschoben haben. Dabei habe ich den Ellbogen wohl in die Scheibe gerammt. Oder war es der Tornister? Wieder ich! Sofort fange ich an zu heulen und schluchze immer noch, als der Hauptlehrer eintrifft, die Misere wahrnimmt und sich mir zuwendet. »So, du warst das! Wie hast du das denn fertiggebracht? Mit dem Fuß eingetreten? Na, du bist mir ja eine!« Ich heule noch lauter, weil ich Angst vor der drohenden Ohrfeige habe. Die bleibt aber seltsamerweise aus und es folgt nur der Kommentar: »Na, da wird eure Mutter wohl blechen müssen. Hör auf zu heulen, davon wird die Scheibe auch nicht wieder heil.«

Ich stehe vom Boden auf und schaue in die Gesichter der Umstehenden, die mich teils mitleidig, teils schadenfroh anstarren. Meine Schwester nimmt mich an die Hand und begleitet mich in die Klasse. Der Morgen ist für mich gelaufen.

Auf dem Rückweg von der Schule überlege ich, wie ich Mutter dieses große Malheur beichten kann. Den ganzen Morgen über habe ich mir mögliche Argumente zurechtgelegt. Eigentlich war ich nicht schuld, ich hatte ja nichts getan. Wer hatte mich da zuletzt noch geärgert? Ist es Franz oder Walter gewesen? Oder hat Irmgard, die neben mir saß, mich in die Scheibe gedrückt? Vielleicht war es auch der harte Tornister mit den Schnallen? Warum hat der Lehrer nicht gefragt, wie das passiert ist? Hat er etwa gedacht, ich hätte das extra gemacht? Warum hat meine Schwester nichts gesagt?

Zuhause wieder die bekannte, beschämende Situation: Ich heule. Irmgard erklärt den Vorgang in der Schule aus ihrer Sicht. Der einstimmige Kommentar: »Du hättest doch besser aufpassen können. Warum bist du auch immer so ungestüm! ›Rabbeltuske‹! Was der Lehrer wohl von dir denkt! Wie teuer wird das wohl werden? Pass nächstens besser auf! Und jetzt ab ins Bett, sonst kann man den ganzen Nachmittag mit dir ja nichts mehr anfangen.«

Im Nachhinein würde ich sagen: Es kam noch oft zu solch ungünstigen Häufungen von »Kaputtsituationen«, in denen ich mich nicht traute, mich zu rechtfertigen.

Dass man Laute in Buchstaben umsetzen kann, muss ich erst noch lernen. Besonders das Zusammenziehen von zwei und mehr Buchstaben, das *Erlesen*, schaffe ich lange nicht. Also lerne ich die Seiten einfach auswendig.

Fast täglich lernen wir einen neuen Buchstaben. Die großen Mädchen aus dem achten Schuljahr führen unsere Hand oder lesen mit uns im Flur. Wir sitzen auf den Stufen der Steintreppe und lesen laut mit – oder auch nicht. Siegfried und ich albern herum und lesen eben nicht mit. Was hat seine ältere Schwester Klara, die mit uns üben soll, *uns* schon zu sagen? Wir nehmen sie einfach nicht ernst.

Heute ist der Buchstabe M dran. Zuhause sollen wir vier Reihen großes M und kleines m auf die Tafel schreiben. Dieser Buchstabe gefällt mir – mit seinen Rundungen und den drei Beinen beim kleinen m und dem eleganten Auf- und Abschwung beim großen M. Wie schön wäre es, am nächsten Morgen endlich auch einmal eine Eins zu bekommen! Unser Lehrer kontrolliert und bewertet das Schönschreiben jeden Tag. Ich hatte noch nie eine Eins. Aber ich träume schon lange davon. Wie bekommt man eine Eins? Die Voraussetzungen dazu habe ich mir langsam eingeprägt. Also, zuerst einmal muss die Tafel ganz sauber sein. Keine Schlierspuren, keine ausgewischten oder überschriebenen Buchstaben. Der Griffel darf nicht stumpf sein. Man darf nicht zu große Abstände zwischen den Buchstaben lassen, das zeugt von Faulheit.

Nachdem ich am Nachmittag das lästige Rechnen – nicht allein, sondern mit der Hilfe von Tante Sefa – erledigt habe, begebe ich mich an das M wie in Maria oder Mama. Die Tafel wird mit dem Lappen so oft gereinigt, bis auch wirklich keine

Kreide- oder Wischspur mehr zu sehen ist. Jetzt endlich sieht sie wie neu aus, grüner Untergrund, rote Linien.

Der Griffel wird angespitzt und die erste Reihe mit den kleinen ms läuft über die Tafel! Geschafft! Das sieht gut aus, alle Bögen in der gleichen Höhe. Auf zur zweiten Runde! Auch die zweite Reihe gelingt. Die Tante schaut mir über die Schulter:

»Das sieht ja gut aus. Aber nein, da schau mal, das m ist falsch.«

Tatsächlich! Es hat vier Beine. Das wird nicht durchgehen. Was mache ich jetzt? Mit einem sauberen Taschentuch und etwas klarem Wasser wische ich das überflüssige Bein weg. Nicht ganz gelungen. Ich versuche es noch einmal mit Spucke und Taschentuch. Nach dem Trocknen kommt mir der Abstand zum nächsten Buchstaben etwas zu groß vor, aber vom Wegwischen sieht man nichts mehr. Ich mache weiter. Nach einer Stunde ist die ganze Prozedur endlich beendet. Ich schaue noch einmal alle Zeilen an und entdecke keinen Fehler. Jetzt kommt die Tafel ganz vorsichtig in den Tornister.

In der Nacht träume ich, dass ich alles verwischt habe. »Typisch Maria. Immer zu wild und ungeduldig!«, werden sie wieder sagen, die Erwachsenen. Missmutig trotte ich mit der schweren Last auf dem Rücken zur Schule. Erst in der zweiten Stunde müssen wir die Tafeln rausholen.

In Erwartung des Unheils ziehe ich meine Tafel mit einem Ruck aus dem Tornister. O Wunder! Die ms sind klar zu sehen. Alle Kinder des ersten Schuljahres legen nun ihre Tafeln auf den Fußboden. Der Lehrer hält die Kreide in der Hand und sein Blick geht prüfend und vergleichend über alle Schriftwerke. Heute macht er es aber spannend. Ich kann das nicht aushalten, mir kommen fast die Tränen und ich drehe mich zum Fenster um.

Jetzt höre ich, wie eine Eins auf eine Tafel geschrieben wird, so still ist es. Und das Ende der Geschichte? Ich bin nicht die Glückliche ... Jetzt hebt er die Tafel hoch.

»Na, wem gehört die hier?«

Ich drehe mich um und kann es nicht fassen. Ich habe die Eins erhalten.

Der Lehrer schaut mich erstaunt, aber nicht anerkennend an. Sein Kommentar: »Auch ein blindes Huhn findet mal ein Korn.« Was mag das wohl bedeuten? Auf jeden Fall nichts Gutes!

PRÜFUNGSAUFGABEN

Am Schluss des ersten Schuljahrs: Mathematikprüfungsaufgaben für alle Schüler vom ersten bis zum achten Schuljahr. Die ganze Tafel ist voll mit Rechenaufgaben. Die größeren Schüler werden über die ganze Klasse verteilt, jeder bekommt einen neuen Nachbarn, damit niemand abschreiben kann.

Neben mir sitzt meine Nachbarin Klara. Sie ist Siegfrieds Schwester und schon im achten Schuljahr. Meine Aufgaben an der Tafel sind leicht zu finden. Sie stehen in der ersten Reihe, es ist mein erster Rechnen-Test. Im Kopfrechnen bin ich nicht gut. Das Zusammenzählen und Abziehen im Zahlenraum von null bis zwanzig klappt nur, wenn ich leise im Kopf und unter der Bank mit den Fingern mitzähle. Wie soll ich nur die vier Päckchen schaffen? Ich habe erst zwei Päckchen geschafft, als der Lehrer sagt: »So, jetzt müsst ihr langsam fertig werden, ihr habt noch zehn Minuten!«

Ich suche mir die leichtesten Aufgaben aus, aber es fehlen mir immer noch fünf Ergebnisse. Klara neben mir hat ihre Aufgaben schon fertig. Da kommt mir eine Idee. Sie könnte mir doch helfen. Ich löse die nächste Aufgabe durch Raten und schreibe das Ergebnis unten auf die Tafel. Dann stupse ich Klara unter der Bank mit dem Fuß an. Sie schaut auf, sieht das Ergebnis und schüttelt den Kopf. Aha, die Lösung ist falsch. Ich versuche es mit etwas Neuem. Jetzt nickt Klara. Also schnell die richtige Zahl einsetzen. Jetzt noch rasch die letzten vier Aufgaben. Erster Rateversuch. Falsch! Und dann plötzlich die Stimme des Lehrers:

»Klara, was machst du da? Du hilfst doch nicht etwa deiner Nachbarin?«

Klara wird ganz rot und schweigt. Der Lehrer reagiert darauf Gott sei Dank nicht. Er hat es jetzt plötzlich sehr eilig. »So – alle Griffel weglegen, die Tafeln kommen an den Rand. Das achte Schuljahr kontrolliert die Tafeln des zweiten Schuljahrs, das siebte die des ersten.«

In Windeseile fülle ich meine vier Lücken auf gut Glück aus und schiebe dann die Tafel an den Rand.

Als ich sie zurückbekomme, sind vier Aufgaben falsch. Das habe ich auch erwartet. Blöd ist nur, dass entsprechend der Fehlerzahl die Sitzordnung neu geregelt wird. Die guten Schüler nehmen die ersten Sitzplätze ein. Ich lande mit meinen vier Fehlern in den hinteren Rängen, auf dem Platz mit der zweitletzten Nummer. Dumm gelaufen!

Einen Aufsatz schreiben?

Aufsatz? *Auf-Satz* … irgendwie irgendwo etwas draufsetzen.

Sprechen? Ja, das kann jedes Kind, erzählen auch! Aber das Erzählen ist schon etwas schwerer, denn dabei muss man eine bestimmte Reihenfolge einhalten. Aber etwas aufschreiben, das kann man nur in der Schule lernen. Aller Anfang ist schwer.

Unterklasse der Volksschule Warnstedt, 1949. Mit Junglehrer Paul Brägelmann. Maria Rechtien: dritte Reihe, fünfte von rechts. Irmgard Rechtien: dritte Reihe, sechste von rechts

Darum kann ich mich noch genau an diese Situation erinnern, als ich die ersten zusammenhängenden Wörter aufs Papier brachte, das Auf-Satz-Schreiben begann.

Am Ende des zweiten Schuljahrs machen wir mit unserem engagierten Junglehrer (er leitete seit einem Jahr die Unterklasse und ich war Gott sei Dank dem autoritären Hauptlehrer entkommen) einen Unterrichtsgang zur hiesigen Molkerei im drei Kilometer entfernten Nachbarort.

Vor der Molkerei steht der uns bekannte heimische Milchwagen mit dem uns bekannten Pferdegespann. Drinnen in der Molkerei große blanke Tanks und ein Mann mit einem weißen Kittel und einer lustigen Kopfbedeckung. Alles muss sauber sein, erfahre ich. Es darf kein Haar in die Milch fallen. Den strengen Geruch in diesem großen Gebäude finde ich nicht besonders appetitlich, irgendwie ranzig.

Der Mann mit der witzigen Mütze, die er ganz über die Haare gestülpt hat, erklärt uns, was in der Molkerei aus der Milch gemacht wird: Butter und Käse. Wie aber genau Käse hergestellt wird, verstehe ich nicht, man kann ja nicht in die großen Bottiche schauen. Wir stehen nur davor. Außerdem ist das sicher auch Lernstoff für die Kinder im vierten Schuljahr. Ich denke nur an die Überraschung, die uns der Molkereimeister am Anfang seiner Ausführungen versprochen hat – für mich kommen nur Bonbons und Schokolade in Frage – und bin sehr enttäuscht, als er uns zum Schluss lediglich ein Stück Käse in die Hand drückt.

Käse kommt bei uns Zuhause nie auf den Tisch, weil er ja käuflich erworben werden muss. Bei uns gibt es nur selbst gemachte Butter, Sahne, Buttermilch und Dickmilch. Ich rieche neugierig an meiner Käseschnitte. Auf jeden Fall riecht sie etwas sauer und verlockt nicht gerade zum Reinbeißen.

Auf einem Heideflecken in der Nähe der Molkerei machen wir Rast, um den Käse in Ruhe zu verzehren. »Maria, magst du deinen Käse nicht? Nun probier doch mal!«, lautet die freundliche Aufforderung des Lehrers. Ich beiße widerwillig ein kleines Stück ab. Es schmeckt irgendwie mehlig.

Deshalb steckte ich den Käse in meine Schürzentasche und begebe mich enttäuscht mit den anderen Kindern auf den Rückweg. Dabei machen wir einen kurzen Zwischenstopp vor meinem Elternhaus. Mutter bringt einen Eimer mit frischem Brunnenwasser an die Straße und alle Durstigen können eine Suppenkelle voll trinken. Ich nutze das Gewusel, um Mutter schnell mein Stück Käse zuzustecken. Sie blickt mich erstaunt an, sagt aber nichts.

In der Klasse heißt es dann nach kurzer Pause: »Schreibt doch mal auf, was wir heute erlebt haben.« Die Kinder des dritten und vierten Schuljahres haben damit kein Problem, aber wir vom zweiten Schuljahr starren Löcher in die Luft. Aufschreiben, wie geht das? Welche Wörter sollen wir benutzen? Und wie werden sie geschrieben? Und überhaupt: Wann ist ein Satz zu Ende?

Viele Probleme für Schreibanfänger, die unser Junglehrer auch nicht bedacht hat. Schließlich macht er intuitiv das Richtige. Er schreibt einen Anfangssatz an die Tafel. Wir atmen innerlich erleichtert auf. Endlich etwas zum Abschreiben! »Heute waren wir mit der Unterklasse in der Molkerei in Hemmelte.« Für mich ist das genug. Damit ist doch alles gesagt. Alles Weitere kann man sich denken. Der Junglehrer hat mich im Blick. Er sieht, dass ich nicht weiterschreibe.

»Und? Wie geht's weiter? Was ist noch passiert? Maria, du musst weitermachen. Was war das Wichtigste? Wie wird der Käse hergestellt?«

Von den vielen Einzelheiten hatte ich nichts behalten.

Also schreibe ich: »Wir bekamen alle ein Stück Käse.« Damit war ja etwas Wichtiges gesagt. Muss man bei der Wahrheit bleiben?, überlege ich. Was wird der Lehrer sagen, wenn er erfährt, dass ich den Käse meiner Mutter zugesteckt habe? Aufsätze werden doch immer laut für alle Schüler vorgelesen. Das weiß ich aus Erfahrung. Meine Mitschüler haben alle ihren Käse aufgegessen, soweit ich das mitbekommen habe. Nein, sie werden mich mit Sicherheit auslachen, weil ich den Käse nicht mochte, und dann bin ich ziemlich blamiert und stehe dumm da. Und für dumm gehalten werden will ich nicht mehr. Mein Selbstbewusstsein ist dank des Junglehrers im zweiten Schuljahr erheblich gestiegen.

Also, die nackte Wahrheit aufschreiben, das geht auf keinen Fall. Eine andere Lösung muss her. Das ist die Geburt des ersten fiktiven Schreibgedankens. Die Fantasie beginnt sich zu regen. Intuitiv schreibe ich eine andere Aussage auf, die auch passen könnte.

»Und weil mein Käsestück so groß war, war ich schnell satt. Und ich gab den Rest meiner Schwester.«

Elegant habe ich die Klippen des ersten Schreibens umschifft. Jetzt nur noch ein Schlusssatz:

»Und mittags taten mir die Füße weh und ich bin ins Bett gegangen.«

Das stimmt wieder zu hundert Prozent. Ich bin wieder auf dem Weg der Wahrheit. Ja, das kann man schreiben, *ohne* ausgelacht zu werden. Alle anderen Kinder sind ja auch auf dem Rückweg in der Mittagssonne sehr geschafft gewesen, haben laut gestöhnt und sich mit großer Mühe zur Schule geschleppt. Gut, einen Mittagsschlaf werden nicht alle machen, aber deswegen wird mich niemand auslachen.

»So, jetzt habt ihr genug geschrieben. Legt den Griffel mal hin! Wer will vorlesen?«

Niemand meldet sich.

Der Lehrer schaut mich an und meint aufmunternd: »Maria, lies doch einmal vor, was du aufgeschrieben hast.«

Oje, ich bekomme einen großen Schrecken. Jetzt folgt die Blamage und die Unwahrheit kommt ans Tageslicht. Stockend lese ich vor: »Heute Morgen waren wir mit der Unterklasse in der Molkerei in Hemmelte. Wir bekamen alle ein Stück Käse geschenkt. (*Ha! Ha! Ein ›schönes‹ Geschenk,* denke ich beim Vorlesen.) Und weil mein Stück Käse so groß war, war ich schnell satt. Und den Rest gab ich meiner Schwester. Und mittags taten mir die Füße weh und da bin ich ins Bett gegangen und habe geschlafen.«

Ich setze mich mit rotem Kopf wieder in die Bank und warte auf die Resonanz. Meine Schwester Irmgard aus dem dritten Schuljahr wird mich nicht verpetzen, dessen bin ich mir sicher. Niemand lacht. Das ist schon mal beruhigend.

Der Lehrer nickt freundlich und meint dann wohlwollend: »Das hast du gut gemacht, Maria. Einen Anfang und einen Schluss gefunden und in der Mitte ist auch noch etwas passiert. Schön für den Anfang. Aber die vielen UNDs am Anfang der Sätze kannst du weglassen. Das klingt besser.«

Mir fällt ein Stein vom Herzen. Also ist Flunkern beim Schreiben erlaubt, alles muss nur gut klingen, schließe ich aus dieser Bewertung.

Ein Aufsatz muss also einen Anfang und einen Schluss haben und in die Mitte muss man etwas Interessantes hineinpacken – es kann auch ausgedacht sein, so meine Schlussfolgerung. Das ist der Schüssel zu ALLEN Schreibversuchen, die noch folgen sollen.

Unser Junglehrer Brägelmann hat die tolle Idee, die Eltern mit einem lustigen Elternabend zu erfreuen.

Wir dürfen zeigen, was wir können. So etwas hatte es in Warnstedt nach dem Krieg noch nie gegeben und vor dem Krieg schon gar nicht.

Am Samstagnachmittag soll die Feier starten. Wir haben am Samstagmorgen noch einmal im Saal von Hellmann, in dem auch alle Hochzeits- und Begräbnisfeiern stattfinden, geübt. Generalprobe. Dann haben wir die Stühle für die Zuschauer hinter der Bühne hervorgeholt, im Saal aufgereiht und aus der Schule alle langen Bänke herangeschleppt. Dort, auf der Bühne, werden wir sitzen, jeder bekommt einen Platz.

Die Zeit bis zum Nachmittag erscheint mir unheimlich lang. Mittags kann ich schon gar nichts mehr essen. Irmgard bleibt ganz gelassen, dabei hat sie die Rolle der Prinzessin in »Die Goldene Gans« zu spielen.

Dann endlich ist es so weit. Der Saal ist voll. Eine Glocke läutet und die Zuschauer sind still geworden. Die Vorstellung mit Gedichten und Liedern kann beginnen. Ich darf als Erste starten. Der Lehrer hat für alle Kinder der Jahrgänge zwei bis vier kleine Verse verfasst. Mein Herz klopft bis zum Hals und ich beginne:

»Ich heiße ...«

Und schon verhaspele ich mich und stottere nur noch weiter. Aber der Lehrer ist die Ruhe in Person. Er nickt mir freundlich zu und flüstert: »Fang noch mal an, Maria.« Ich hole tief Luft und schon klingt meine Stimme etwas fester:

»Ich heiße Maria und bin ein Mädchen
und freue mich recht mit frohem Sinn,

Irmgard, Hedwig und Maria Rechtien

dass ich doch ein Mädchen bin.
Staunt und hört mich an,
was ein Mädchen kann,
mehr als alle Knaben,
die 'ne Bux anhaben!«

Heute könnte man sagen, das war die erste Rede zur weiblichen Emanzipation in Warnstedt, wenn es auch mit der Umsetzung der Gleichberechtigung noch Jahrzehnte dauerte. Auf jeden Fall haben sich diese Verse ein Leben lang in meinem Gedächtnis verankert. Ich war sehr stolz, dass ich diese Verse vortragen durfte, der Lehrer mir diese Position zugedacht hatte, und betrachtete den Inhalt als wegweisend für das zukünftige Schulleben. Mein Selbstvertrauen nahm zu. Ich fühlte mich wohl.

In meinem späteren Lehrerleben habe ich immer wieder versucht, durch solche, der Zeit angepassten Elternabende oder Schulfeste, besonders auch lernschwachen Kindern eine Stimme zu geben und sie aufzuwerten. So manches Mal habe ich Talente entdeckt, die im normalen Fächerkanon nicht zum Tragen kamen. Als Beispiel möchte ich einen jungen Jagdhornbläser aus dem dritten Schuljahr anführen, der den normalen Unterricht mündlich nie bereicherte und die meiste Zeit vor sich hin träumte, oder einen hyperaktiven Jungen, der keine Ruhe im Unterricht geben konnte, aber bei einer Theateraufführung alle Strippen zur Vertonung zog und so das Theaterspiel hervorragend musikalisch begleitete.

Die schönsten Erlebnisse meiner Grundschulzeit verbinde ich mit dem Jahresausflug der gesamten Volkschule, initiiert vom Hauptlehrer. Ziele: das Hermannsdenkmal und andere Sehenswürdigkeiten, die ich nicht gespeichert habe.

Im Vorfeld beschäftigen mich viele Fragen: Woher wird Mama das Geld nehmen? Komme ich überhaupt mit oder nur Irmgard? Fährt Mama auch mit? Wenn diese Unklarheiten zu meiner Zufriedenheit geklärt sind, beginnt die große Vorfreude. Wegen des Ausflugzieles? Natürlich! Wir machen nie Ausflüge! Wegen des Gemeinschaftserlebnisses? Auch. Wegen des Taschengeldes? Nein, es gibt eh keins. Wegen der Busfahrt?

Ja, auch!

Welche Gedanken bewegen mich?

Das lässt sich nicht so einfach in Worten fassen: Es ist die Vorfreude und Neugierde auf die große weite Welt, ein Hauch des noch so fernen Erwachsenwerdens, ein Häppchen vom großen erträumten Glück, das der Alltag so oft vermissen lässt, eine Befreiung aus dem alltäglichen Einerlei.

Der Tag beginnt vor Sonnenaufgang: frisch aus der Taufe gehoben, unberührt. Die gewaschenen weißen Kniestrümpfe, das Sonntagskleid, die beste Strickjacke lösen schon beim Anziehen ein unbeschreibliches Hochgefühl aus. Dazu kommt der Duft der frisch geschmierten Butterbrote mit Marmelade, die in einer Umhängetasche mit ein paar Sahnebonbons und einer Brausetüte verstaut werden. Der Weg auf Mutters Gepäckträger bis zur Schule – eine endlos erscheinende Strecke.

Niemand fehlt, als endlich der Bus kommt. Schnell einsteigen und die besten Plätze ergattern? Fehlanzeige. »Die Jungen vorne rechts, die Mädchen vorne links, die Erwachsenen hinten!« Dieser Kommandoton des Schulleiters ist mir nur allzu gut bekannt. Ansonsten zeigt er am Ausflugstag sein zweites Gesicht. Er scherzt mit den Eltern, wird nicht laut, zwinkert mir sogar zu und sorgt für den sicheren Ablauf des Tages, indem er die Gefahren an Touristenschauplätzen für Landkinder mitbedenkt.

Welch ein Tag, den sonst so gewalttätigen und autoritären Lehrer so locker und humorvoll zu erleben. Aber auch an diesem Tag halte ich mich von ihm fern, besonders seit er seit dem zweiten Schuljahr nicht mehr mein Lehrer ist, sondern wir einen Junglehrer haben, den ich sehr verehre.

Nach einem Morgengebet und einem kräftigen »Guten Morgen!« startet endlich die Fahrt.

Die Nase platt an das Fenster gedrückt, warte ich dann auf das Ereignis, das mich bei der ersten Mitfahrt völlig überrascht hat: Ich warte auf den Sonnenaufgang. Naturverbunden, wie ich bin, habe ich schon oft die Sonne untergehen sehen, aber zur Zeit des Aufganges schlafe ich meistens noch. Zunächst ist alles unter einem dichten Schleier verborgen. Dann steigt der Nebel aus den feuchten Wiesen, verschwommen tauchen auch Birken und Weidenbüsche auf, die ersten Vögel beginnen mit ihrem Konzert. Jetzt erkenne ich im Dunst die schwachen Umrisse des grasenden Weideviehs, die Konturen der entfernt liegenden Häuser, bevor sich die ersten Sonnenstrahlen durch verborgene Ritzen zwängen. Es lichtet sich der Nebel immer mehr, der Sonnenball steigt weiter auf, gewinnt an Größe und Leuchtkraft, bis er sich vollständig aus dem morgendlichen Dunst herausgeschält hat.

Die Sonne ist aufgegangen und erfüllt die taufrische Welt mit ihrer Leuchtkraft. Jahre später tauchen diese Bilder wieder auf, als wir im vierten Schuljahr das Lied von Matthias Claudius lernen, »Jeden Morgen geht die Sonne auf«, und mir die folgenden Verse begegnen: »Und die schöne, scheue Schöpferstunde /

jeden Morgen nimmt sie ihren Lauf.«

Der Rest des Tages ist schnell erzählt, bestimmt von den alltäglichen Sorgen. Die Butterbrote reichen mal wieder nicht aus, Bonbons und Brause verursachen großen Durst.

Wo kann man kostenlos aus einem Wasserhahn trinken? So lautet die Frage bei jedem Stopp. Die weißen Kniestrümpfe sind bis auf die Knöchel gerutscht und verstaubt, das Sonntagskleid verschwitzt und zerknittert und die geflochtenen Zöpfe haben sich aufgelöst. Die Füße sind geschwollen und schmerzen, sie stecken ja sonst nie den ganzen Tag in den Sonntagsschuhen.

»Waren die Kinder artig oder haben sie uns blamiert?«, lautet am Abend die Frage der zu Hause gebliebenen Tante. Der Abschluss des Tages steht so in scharfem Kontrast zum seligen Auftakt des beginnenden Morgens. Die Erinnerung an diese schönen Bilder aber ist fest in mein Gemüt eingebrannt und ein Schatz, den ich jederzeit abrufen kann.

NATUR PUR

Als ich das Gymnasium in Cloppenburg besuchte, gab es für Lehrer und Mitschülerinnen immer die Unterscheidung zwischen den Stadt- und den Landkindern. Wir Kinder aus den umliegenden Dörfern galten als zurückhaltend, im mündlichen Ausdruck weniger flüssig, auch weniger gut gekleidet und – wir konnten nicht schwimmen. Manche Kinder aus Cloppenburg zogen eine Grenze zu uns und hielten sich für etwas Besseres. Ebenso waren einige Lehrpersonen voller Vorurteile, denn der Beruf des Vaters wurde noch vorne im Klassenbuch eingetragen.

Im Laufe der Schuljahre konnte ich durch gute Noten punkten, die »Städter« schrieben von mir die Hausarbeiten ab und ich wurde von ihnen auch schon einmal nachmittags eingeladen.

Bei einem Klassentreffen nach dreißig Jahren erfuhr eine ehemalige Mitschülerin, dass ich inzwischen Schulleiterin einer Grundschule geworden war. Ihr Kommentar: »Diese Position hätte ich einem ›Landei‹ wie dir nicht zugetraut.« Ja, für sie blieb ich das Landei. Sie hatte keine Ahnung, wie intensiv ich mit der Natur und in der Natur gelebt hatte und noch lebe, wie mich meine Umgebung ein Leben lang bereichert hat.

In und mit der Natur zu leben, das war und ist ein großes Privileg und es war auch ein heilsames Ventil für mich als Kind in der Nachkriegszeit.

Die Jahreszeiten bildeten den Rahmen. Der erste Schnee kam uns immer wie ein großes Geschenk vor. Wir drückten uns die Nasen am Stubenfenster platt, nachdem wir runde Gucklöcher in die zugefrorenen Scheiben gerubbelt hatten. Dann beobachteten wir mit großem Erstaunen, wie die Landschaft von Schneeflocken zugedeckt und verwandelt wurde. Wurde das

Schneetreiben dichter und die Flocken größer, jubelten wir vor Freude. War der Schauer vorbei, teilten wir die neugeborene, weiße Welt unter uns räumlich auf. *Wer bekommt den Acker, wer den Wald, wer die Wiese, den Garten? Oder jede ein Stück Wald, Wiese und Acker? Was wollen wir in der Traumlandschaft machen, ohne dass wir etwas zerstören, kaputtmachen? Wie schön das alles aussieht, so unberührt und frisch. Die Drossel vor unserem Fenster darf durch den Schnee laufen, sie hinterlässt ja nur ganz zarte Spuren: Ja, das erlauben wir ihr.*

So fabulierten wir drei beim ersten Schneefall im Einklang miteinander.

Aber es kam auch vor, dass ich mich von meinen Schwestern absetzte, die räumliche Distanz brauchte, um Abstand von allen Kontrollpersonen, von zu viel Nähe zu gewinnen. Im Winter war das schwierig. Ein eigenes Zimmer hatte ich nicht. Küche und Wohnzimmer, die beheizt wurden, waren immer bevölkert. Da blieben noch außerhalb der Arbeitszeit die Katzen, der Hofhund, die Kühe und die Pferde, die ich gern mit Streicheleinheiten bedachte.

Im Sommer konnte ich mich besser zurückziehen. Im Garten und in der Weite des Hofgeländes gab es viele kleine Versteckplätze, um den Stress abzubauen, dem ich durch meine Feinfühligkeit ausgesetzt war. Oft konnte ich abends nicht einschlafen. Dann wartete ich auf Geräusche von außen, denen ich mit meiner Fantasie nachspüren konnte.

FROSCHKONZERT

Es ist dunkel. Kein Laut dringt zu mir herüber. Meine Schwestern im Zimmer nebenan sind wohl schon lange eingeschlafen.

Ich bin wach. Kann ich noch etwas im Dunkeln von der Welt, der weiten Welt dort draußen einfangen? Herrlich wäre das Quaken der Frösche aus dem Tümpel in der Weide. Das hört man nicht oft.

Aber welch ein Glück! Heute Abend hallt es zu mir herüber. Ich spüre den Lauten in der Ferne nach, ziehe sie zu mir heran, ziehe auch die Bilder der quakenden Gesellschaft mit. Jetzt sehe ich die Frösche vor mir, wie sie sich aufblasen und dann ihr Gequake herauslassen. Ich höre genau hin. Sie quaken, dann blubbern sie, jetzt schlaffen sie ab, ziehen sich wie ein Blasebalg wieder zusammen, um erneut die Quak- und Blubberlaute auszustoßen. Sie wissen nicht, dass ich sie hören kann. Sicher sitzen sie nur einfach so da und blähen sich auf, um ihr Sommerkonzert in die Welt zu blasen. Ist es ein Konzert? Wissen sie, dass der Nebenmann in das eigene Quaken mit einstimmt und es verstärkt?

Sie haben noch nie etwas von Harmonie gehört. Ihr wohl unbewusstes Zusammenspiel fasziniert mich ungemein. Wie herrlich abgestimmt auf diese laue Sommernacht, meine kleine begrenzte Welt!

Welche Wohltat, meine kleine Welt heute Nacht so selig aufzufüllen. Was hält mich darin so gefangen? Ist es die Sehnsucht nach dem unergründlichen Plan, den die ganze Natur täglich verströmt? Ist es die Verbindung zu mir, die hergestellt wird? Ist es die Sehnsucht nach allem Unergründlichen, allem mir noch Unbekannten, was mir verborgen bleibt, was mir als Kind nicht zugänglich ist?

Ist es die Klarheit der Laute, die zu mir dringen, mich erfüllen, mich selig, glücklich machen, ob der Botschaft, die mir übermittelt wird? Ich kann diese Botschaft nicht in Worte fassen, nicht greifen, nicht ergreifen. Aber ich möchte sie in mir festhalten, einschließen …

So plötzlich, wie das Konzert begonnen hat, so plötzlich verstummt es auch. Aber ich bin glücklich, angefüllt mit Musik, mit einem seligen Gefühl der Verbundenheit mit dem Kosmos. Jetzt kann ich endlich einschlafen.

Juninacht

Momente des Glücks! Sie sind selten im Leben. Aber es gibt sie, diese einzigartigen Augenblicke, die für immer im Gedächtnis bleiben. Sie in Sprache umzusetzen, erscheint mir fast unmöglich.

Ein lauer Abend im Monat Juni. Die Natur steht in voller Blüte, die Sommerhitze hat ihr sattes, grünes Kleid noch nicht beschädigt. Die Luft ist erfüllt vom Duft des alten, mächtigen Birnbaums, des Flieders, der Johannisbeer- und Brombeersträucher.

Ich lehne mich über die Tür der Waschküche, deren unterer Teil geschlossen ist. Der Mond ist aufgegangen und schickt sanfte goldgelbe Strahlen auf die Wiese, die an den Garten angrenzt. Mein Blickfeld: links die Begrenzung durch den Garten, in der Mitte der Blick ins Weite mit dem aufsteigenden Abendnebel, in den Horizont übergehend, rechts die Haselnusssträucher vor dem Stall, eine Idylle zum Malen.

Was das Auge wahrnimmt, wird angereichert, nein, mit allen Sinnen und Emotionen erweitert durch das abendliche Vogelkonzert, wobei die Amsel den Ton angibt. In ihrer leicht melancholischen Art beherrscht sie eine solche Fülle an Tönen und eine Reichhaltigkeit von mitreißender Harmonie in den Strophen, die klagend bis fröhlich, aber auch schmelzend bis sanft in gemäßigtem Tempo erklingen.

Das erhebende Gefühl, das mich voll und ganz erfasst,

bewirkt die Vereinigung mit der Natur und eine mich ganz durchdringende Empfindung von Sättigung, Zufriedenheit und Trost: eine Empfindung von Unendlichkeit. Die Schönheit der Natur mit ihrem Reichtum an Bildern, Zeichen und Spuren gibt mir Vertrauen in die eigenen Kräfte. Das ist ganz bestimmt kein naiver Trost oder eine Flucht vor der Realität, sondern ein Weg, die Wirklichkeit von der anderen Seite als der gewohnten zu betrachten und sich von dem verwandeln zu lassen, von dem, was unveränderlich wertvoll bleibt. Ich spüre und erlebe nur Schönheit, Klangfülle, Licht, Liebe, reines Sein und bin unendlich dankbar.

SIGNALE

Im Kinderwagen mein Cousin, vielleicht eineinhalb Jahre alt, zufrieden mümmelnd an einer Brotkruste. Wieder stehe ich an meiner Lieblingsecke, an der Ecke, von der der Weg zum Wohnhaus von Tante Agnes abbiegt, dort, wo die Energie zusammenfließt, wo man einen weiten Blick über das Feld und die Weide hat, bis weit in die Ferne zu den Heuwiesen blicken kann. Ich sende meine Fühler aus, nach links ein Stück unbefahrener Weg im Dunkel der anliegenden Tannen, uneben, keine Verbindung zu mir. Nur Schatten.

Ich wende mich nach rechts: ein welliger Sandweg, hundertmal begangen, ein Alltags- und Arbeitsweg. Aber genau hier, an dieser Stelle, an diesem Knotenpunkt, da ist mein mystischer Ort.

Mein Blick geht geradeaus, teilt den großen Neunzig-Grad-Winkel in der Mitte, nimmt den Inhalt auf. Ich richte all meine Sinne auf die Ferne, schicke einen Strahl in die Weite, der sich immer mehr ausbreitet, in der Ferne die Konturen verliert, dafür aber an Klang und Raum gewinnt, zunächst untermalend leise, dann immer voller schwillt er an wie eine Sinfonie, immer mehr Elemente kommen harmonisch zum Tragen, bis sie mich ganz einhüllen. Ich staune ob des Wunders und bewege mich nicht, nehme einfach nur den Klang auf, der mir unbegreiflich erscheint, bin verbunden mit meinem Umfeld, mit allen Schönheiten dieser Klänge, ganz davon erfüllt. Ein wahrhaft einzigartiges Gefühl.

Warum gerade an dieser Stelle? Warum diese Stimmung? Warum diese Klänge, die ich aus der Ferne vernehmen kann, die in sanften Wellen zu mir herüberschwappen und mich selig beglücken? Ich bin mit mir im Lot und verharre in der Stille.

IM GRASE

Keine Aufgaben zu erledigen? Freiraum? Dann schnell verschwinden.

Hinter dem Garten dicht an der Weide: Dort ist noch ein Rückzugsort, einer meiner Lieblingsplätze, geschützt durch eine Hecke mit hochgewachsenen Sträuchern. Hier kann mich niemand sehen, niemand finden, die Rufe nach mir werde ich ausblenden.

Die brennende Sommersonne hat im Laufe des Nachmittags an Kraft verloren. Ich setze mich in das trockene Gras. Es ist ausgedörrt, verbranntes hartes Sommergras. Ich ebne meinen Platz mit der flachen Hand, kicke die starren Halme um und schaue nach Ameisen aus. Keine Krabbeltiere zu sehen. Also strecke ich mich vorsichtig lang aus, die bloßen Füße genüsslich der Sonne entgegen, und schließe beruhigt die Augen.

Jetzt kann ich in meine Traumwelt abtauchen. Ich möchte die Düfte der sommerlichen Natur aufsaugen, in mich aufnehmen. Es riecht nach Heu, nach reifem Getreide. Herrlich, ich atme den Duft der ganzen Welt ein: Hitze, Fülle, aber auch Vergehen und Absterben. Der Kreis um mich herum schließt sich: Helligkeit, Ruhe, Klarheit, Schönheit, Reinheit und Wärme vor meinem Vorhang der geschlossenen Augen und ich mittendrin.

Dahinter wartet die raue Welt! Nur nicht einschlafen, einfach nur der Natur nachspüren. Alles genießen und nur so daliegen, ein Stück Schwerelosigkeit um mich herum.

Nach einer langen Weile öffne ich blinzelnd die Augen. Über mir der strahlend blaue Himmel, nur eine kleine faserige Wolke zieht vorüber und löst sich langsam auf. Mein Blick weitet sich. Ich bin geerdet und mit dem Horizont verbunden, eine Einheit. Wie lange habe ich hier verharrt? Ich weiß es nicht. »Wo warst du so lange? Wir haben nach dir gerufen. Hast du uns denn nicht gehört? Du könntest doch wohl eben …«

MUSIK ERLEBEN

Zu meinen Lieblingsmärchen gehörte in der Grundschulzeit »Des Kaisers Nachtigall« von Hans Christian Andersen. Das Märchen erzählt die Geschichte von einem unscheinbaren Vogel mit herrlichem Gesang, der Nachtigall, die an den Kaiserhof gebracht, später aber vertrieben und durch einen Kunstvogel ersetzt wird. Als dieser Vogel aufhört zu singen, seinen Geist aufgibt, erkrankt der Kaiser. Durch das geöffnete Fenster aber kann die echte Nachtigall einfliegen und mit ihrem wunderbaren Gesang den Kaiser erfreuen und gesund werden lassen.

Welch ein Gesang muss das gewesen sein! Ich hatte bei uns am Haus noch nie eine Nachtigall gehört. Dafür war es auf dem Hof zu unruhig. Aber es würde wohl ein außergewöhnlicher, himmlischer Gesang sein. Und so achtete ich am Abend, wenn es stiller wurde, bei geöffnetem Fenster auf alle Geräusche, die von außen zu mir drangen. Die Nachtigall vernahm ich nie, so sehr ich sie auch herbeisehnte.

In meinem frühkindlichen Leben spielte Musik überhaupt keine Rolle. Sie existierte praktisch nicht. Es war ja Krieg, also wurde auch nicht gesungen. Und ein Radio besaßen wir nicht.

Viele Lieder und Gedichte in der Schule waren mir unverständlich, weil sie mit Bildern und Vergleichen angefüllt waren, die mir fremd waren, die nicht zu meinem Sprachgebrauch gehörten. Ich erinnere mich deutlich an all die Verständnisschwierigkeiten, die ich in der Grundschule bis zum Alter von neun, zehn Jahren mit Wörtern in übertragener Bedeutung hatte, mit Ausdrücken und Redewendungen, die nicht wörtlich gemeint waren, zum Beispiel: Unser Haus *liegt* an der Straße nach Hemmelte. Liegt es dort wirklich? Ja, wenn man von oben draufschaut.

An einem Sonntagnachmittag, 1939. Agnes Weglage, Maria und Heinrich Rechtien

Konnte ich den Gesang in der Schule genießen, die eigene Stimme? Nein. Ich hatte meistens Angst, angeschnauzt zu werden, weil ich nicht richtig mitsang und immer nur die Lippen bewegte. Mir fiel es nämlich schwer, den Ton zu halten. Das merkte ich schon früh, meine Schwestern waren da begabter. Jede Musikstunde bereitete mir Qualen.

Tante Agnes hat eine Mandoline besessen. Auf einem frühen Foto, einem Sonntagsfoto, als Vater noch zu Hause war, ist sie damit zu sehen. Ich kann mich aber nicht erinnern, dass sie jemals darauf gespielt hat. Bei uns gab es ja auch später keinen Anlass, etwas fröhlicher oder gar ausgelassen zu sein.

Im zweiten Schuljahr kam ein Junglehrer zu uns, der Geige spielte. Diese Art von Musik war mir völlig fremd und konnte mich auch nicht begeistern, zumal der Lehrer mir einmal, als ich mit den Füßen scharrte, mit dem Geigenstock auf die Schulter schlug, was ich als Strafe empfand.

Vielleicht war das auch nur ein Reflex gewesen, denn dieser Lehrer war ein wirklich guter Pädagoge, der mich vieles gelehrt hat, was ich im ersten Schuljahr aus Unreife und Angst bei dem autoritären Hauptlehrer nicht geschafft hatte, besonders im Lesen und Rechnen. Ihm verdanke ich sehr viel. Er hat mein Selbstbewusstsein aufgebaut und mir geholfen, meinen Talenten zu vertrauen. Noch im Alter, als ich wieder Kontakt zu ihm aufgenommen habe, hat er mich immer als seine beste Schülerin bezeichnet. Aber ich weiß sehr wohl, dass es in meiner Klasse viele lerneifrige und sehr gute Schüler gab. Meine ältere Schwester zählte auch dazu.

Im dritten und vierten Schuljahr erhielten wir dann eine Junglehrerin, die Blockflöte spielte. Sie war immer sehr gut vorbereitet, sehr freundlich und nahm auf die Besonderheiten der einzelnen Kinder Rücksicht, so dass ich sie sehr verehrte und bemüht war, alles richtig zu machen. Wir lernten viele Volkslieder und Irmgard und ich bekamen Flötenunterricht bei ihr. Tante Lisbeth hatte uns zu Weihnachten eine Flöte geschenkt. Irmgard lernte schnell, ich musste aber viel üben, besonders das Fis wollte mir nicht gelingen. Ich hatte einfach zu wenig Gespür für Rhythmus und Tonfolgen. Als ich einmal im Winter beim Üben von Hedwig geärgert wurde, schlug ich mit der Flöte nach ihr, traf aber den Esstisch und die Flöte zerbrach in zwei Teile. Damit war die musikalische Karriere beendet.

An der Liebfrauenschule gab es eine Schwester namens Valerie, die den gesamten Musikunterricht für die Schule abdeckte. Sie führte uns in die Musikgeschichte ein, hatte bestimmt ein großes Wissen, was sie uns aber methodisch-didaktisch nicht vermitteln konnte.

Ihr Repertoire ging über Bach, Händel, Haydn, Mozart und Beethoven bis hin zu Arien aus Albert Lortzings »Zar und Zimmermann«. Die Dur- und Moll-Tonleitern wurden immer wieder abgefragt. So schön »Die Forelle« von Schubert auch ist, sie wurde mir total durch Notendiktate verleidet, die mir immer Sechsen einbrachten.

Froh war ich, wenn wir Haydns Oratorium »Die Schöpfung« hören durften. Dazu gab es sogar damals schon Texthefte und das Gute daran war, dass mindestens drei Musikstunden damit gefüllt waren, das heißt, das Zuhören war ein reiner Genuss. Mein Interesse an klassischer Musik wurde erst wieder aktiviert, als ich über dreißig Jahre alt war. Kolleginnen vom Gymnasium schenkten mir eine Mozart-Schallplatte.

Der Auftakt in die Welt der Musik aber – bei unseren Nachbarn in der frühen Jugend – hätte nicht eindrucksvoller sein können.

Manchmal dürfen wir sonntags zu den Menkens, unseren Nachbarmädchen, gehen. Aber immer erst nach dem Mittagsschlaf und mit der Ermahnung, auf keinen Fall ein Stück Kuchen anzunehmen.

Menkens Kinder haben eine Schaukel, das allein ist schon ein Anreiz, dorthin zu gehen. Außerdem ist die lange schmale Einfahrt zum Garten ein ideales Spielfeld. Wenn es kalt ist und wir drinnen bleiben müssen, dürfen wir in einem großen Raum, der den Altbau mit dem Anbau der Küche und der Diele verbindet, spielen. In diesem mittigen Raum gibt es außer ein paar Truhen keine Möbel. Die Truhen sind voll mit alten getragenen Kleidern und Röcken, ideal zum Theaterspielen und sich Verkleiden. Daran habe besonders ich großes Vergnügen. Es macht mir Spaß, in fremde Rollen zu schlüpfen und die anderen zu unterhalten. An diesen Raum grenzt die beste Stube, die wir nie betreten dürfen. Sie ist ausschließlich den hohen Festtagen und dem eher seltenen Besuch vorbehalten. Der Vater der vier Mädchen, Hussa genannt, gilt als musikalisch, weil er, wenn er betrunken ist – was häufig vorkommt – gern singt. Heute würde ich sagen, er war kein richtiger erdverbundener Bauer und hätte vielleicht einen anderen Beruf ergreifen sollen. Mit seinen Kindern sprach er nur Hochdeutsch, was für einen Pächter unüblich war. Das machten eher die großen Bauern, wobei die Verankerung im Plattdeutschen oft die Verwechslung von Dativ und Akkusativ zur Folge hatte.

Heute Nachmittag aber wird etwas völlig Unbegreifbares, das für mich an ein Wunder grenzt, geschehen.

Hussa, leicht angetrunken in Verlängerung des Hochamts, kommt zu uns, öffnet die Tür zur besten Stube, setzt sich auf einen Hocker, öffnet die schwarze Klappe eines mir unbekannten Möbelstücks und beginnt die Hände zu bewegen.

Wir stehen etwas weiter entfernt im großen, mittigen Raum. Aus dem besten Wohnzimmer dringt eine Musik wie aus anderen Sphären zu uns, Töne, die ich mit all meinen Sinnen nicht erfassen kann, nicht greifen, mir nicht zu eigen machen, überhaupt nicht einordnen kann, weil ich sie noch nie gehört habe.

Ich habe noch nie ein Klavier gesehen und weiß nicht, wie es funktioniert. Was zaubert Hussa da aus dem Nichts? Ich schaue mich um. Menkens Kinder schweigen und Stolz blitzt aus ihren Augen. Meine Schwester lauscht auch ganz gebannt. Wie erzeugt der Spieler diese ganz wunderbare Musik? Tausend Fragen tauchen auf. Melodien, die so leicht dahinfließen, aber bei mir nachklingen. Würde er doch nie aufhören! Aber – »Rumms!« – ist die Expedition in die wunderbare Welt der Musik vorbei, der schwarze Deckel wird nach unten geklappt und Hussa verlässt die gute Stube.

Auf eine meiner vielen Fragen antwortet Hildegard, die Älteste, dass auch sie Klavierstunden nimmt, um das Spielen zu lernen. Ihr Papa habe ihr eine Lehrerin in Cloppenburg besorgt. Das erstaunt mich noch mehr. Nein, das kann nicht stimmen.

»Hildegard spinnt!«

»Das glaube ich ihr nicht!«, meint auch meine Schwester auf dem Heimweg.

»Genau, die übertreibt doch immer. Hat sie nicht neulich behauptet, sie hätte zwanzig Kartoffelpuffer verspeist?«

Hildegard hat uns nie etwas vorgespielt, obwohl sie einige Jahre lang Unterricht hatte, aber Hussa war gewaltig in meiner Achtung gestiegen.

»Wachet auf, es krähte der Hahn, die Sonne betritt ihre goldene Bahn.«

So hieß das erste zu lernende Lied in der einklassigen Volksschule. Ist es ein Kanon? Ich glaube, ja.

In der Schule brauchten wir diese Melodie nur laut – das war wichtig – nachzusingen. Der Text war einfach. Auf jeden Fall der erste Vers: »Wachet auf, es krähte der Hahn.« Diese Textzeile konnte ich verstehen. Ich liebte das Hähne-Krähen am Morgen. Als ich es im Urlaub in einer ländlichen Gegend in Istrien wieder vernahm, registrierte ich das mit Erstaunen und in Erinnerung an die Kindheit. Und so sehe ich ihn dann vor mir: den prächtigen, bunten Hahn. Er setzt sein ganzes stimmliches Potential ein, um den Morgen zu begrüßen, reckt sich in seiner imposanten Erscheinung, spannt all seine Federn an, erhebt den stolzen geschmückten Kamm und verkündet sein Kikeriki! Als Herrscher über das Hühnervolk schreitet er stolz und erhaben umher, als wolle er sagen: »Schaut her, ich bin der Schönste und mir gehört die Welt!«

Die zweite Zeile des Kanons, »Die Sonne betritt ihre goldene Bahn«, war nicht so eindeutig zu verstehen. Was glaubte ich damals über die Bahn der Sonne zu wissen? Die Sonne umkreist die Erde. Das ist doch sonnenklar. »Im Osten geht die Sonne auf. Im Süden nimmt sie ihren Lauf. Im Westen wird sie untergeh'n. Im Norden ist sie nie zu seh'n.« Diese Sprüche musste ich später im Heimatkundeunterricht auswendig lernen, aber sie standen schon vorher für mich unverrückbar fest. In meinen Kinderzeichnungen hatte die Sonne ein lachendes Gesicht und nahm immer eine Ecke des Bildes in Anspruch. Die Strahlen hatten eine unterschiedliche Länge und tauchten tief in jedes Bild ein. Von einer »Bahn« hatte ich noch nie etwas gehört. Und golden sollte sie sein. Das leuchtete mir ein. Ein solch imposanter Himmelskörper, von Gott geschaffen, Wärme und Licht verströmend, kann nur auf einer goldenen Bahn vom Himmel zu den Menschen kommen.

So halte ich jeden Morgen nach dem Aufstehen von meinem Fenster aus, das nach Osten ging, Ausschau nach der Sonnenbahn, die ich mir wie eine breite Glitschbahn vorstelle, bin aber sehr enttäuscht, weil ich sie nie entdecken kann. Meine Schlussfolgerung: Mit der Sonnenbahn ist es so wie mit vielen Sachen, die mir in der Schule erzählt werden. Man kann sich nie sicher sein, ob es sie wirklich gibt. Von ihrer Existenz weiß eben nur der Lehrer oder die Lehrerin – vielleicht auch noch die Erwachsenen zu Hause.

Wenn man sich aber etwas Erzähltes genau vorstellt, kann man es in der Fantasie bildlich vor sich sehen, und dann ist das so, als ob es dieses Objekt auch wirklich gibt. Ob die Vorstellung dem gedachten Bild des Lehrers entspricht, das ist allerdings eine andere Frage. Sie bleibt offen, solange das Ganze nicht abgefragt wird und man das Gedachte nicht mit Worten beschreiben muss.

So weit meine erste Schuljahr–Philosophie.

Jetzt aber heißt es zunächst: wieder kräftig mitsingen, damit der Lehrer zufrieden ist.

TANZEN

»Florentinische Nächte, ihr bleibt mir im Gedächtnis als das große Vermächtnis einer Reise ins Glück …«

Dieser Schlager der Nachkriegszeit, gesungen von Rudi Schuricke, 1948, zu einer Zeit, als die Deutschen schon etwas aufatmen konnten – nach endlosem Konsumverzicht in den bitteren Vorkriegs- und Kriegszeiten. Italia bella wurde das Sehnsuchtsland der Deutschen, die ein Auto besaßen und sich einen ersten Urlaub leisten konnten. Das Lied von Schuricke spiegelte Träume und Sehnsüchte wider und blieb noch lange in den Hitlisten, wurde im Radio gespielt und dann von den Musizierenden auf Feiern und Festen übernommen und mit Inbrunst geschmettert.

»Ein poetischer Tango, den ein Madel gesungen, ist mir damals erklungen als die schönste Musik.«

Zu uns Kindern kam das Lied – heute würde man sagen, diese Schnulze – auf einem ganz anderen Weg. Ich war sieben Jahre alt, als ich mit diesem Schlager Bekanntschaft machte. Wie geschah das? Wir hatten doch kein Radio. Nun, durch unseren Freund Siegfried, dessen Schwester den Kontakt zu der uns unbekannten, großen Welt hatte.

Siegfrieds Schwester Lisbeth, das älteste von acht Kindern, hatte nach dem Krieg, als die ersten Geschäfte wieder öffneten, in der Stadt Karriere gemacht. Lisbeth war hübsch, groß und schlank und fand eine Anstellung in einem bekannten Modegeschäft in Cloppenburg. Sonntags fiel sie beim Kirchgang durch ihre besondere Kleidung auf. Ich erinnere mich an einen grünen, weitschwingenden Wintermantel ohne Gürtel – damals Hänger genannt. Das war ein echter Hingucker in einer Zeit, als wir Kinder Mäntel aus irgendwelchen alten Stoffen trugen. Jeden Sonntag erregte Lisbeths Auftritt in der Kirche bei den meisten Frauen Neid und Empörung. Wie konnte sie es wagen, sich so zur Schau zu stellen, zumal ihre Eltern nur Heuerleute waren! Und dann auch noch der Gesang! Lisbeth hatte eine klare Stimme und sang laut und tönend jedes Lied auswendig mit. Bei Tellmanns wurde viel gesungen, was bei uns völlig unüblich war.

Wenn meine Mutter ausnahmsweise einmal beim

Bettenmachen sang, dann waren das Kirchenlieder: Marienlieder. Aber bei Tellmanns konnte man immer einen musikalischen Sonnenstrahl einfangen. Als ich dort einmal ohne anzuklopfen die Küche betrat, saß die Mutter beim Vater auf dem Schoß und beide sangen zusammen den Refrain eines bekannten Volksliedes: »Das alte Försterhaus, das hat jahraus, jahrein viel Freud und Leid gesehen.« Als die beiden mich mit offenem Mund entdeckten, wiederholten sie lachend für mich noch einmal diese Verse.

Eines Morgens kommt unser Freund mit einer überraschenden Nachricht vorbei. »Ich kenne ein ganz tolles Lied!«

»Los, sing es uns vor!«, betteln wir.

»Das geht hier nicht«, flüstert Siegfried, »dann hören das die Großen.«

Die Großen, das heißt die Erwachsenen, dürfen beileibe nicht alles wissen und hören, was uns Kinder beschäftigt. Dazu fehlt ihnen auch Gott sei Dank wirklich die Zeit. So begeben wir uns erwartungsvoll und mit etwas schlechtem Gewissen zu unserem neuesten Abenteuerspielplatz nahe der Heide. Dort haben wir einen leeren, mannstiefen Graben ausfindig gemacht, der unter der Schicht von dunkler Ackererde eine breite Schicht von gelbem Sand führt. Wir lieben den gelben Sand und beginnen sogleich wieder, mit Stöcken Löcher und Muster in die Wände zu treiben. Siegfried bleibt am Eingang des Grabens stehen, um für alle sichtbar mit seiner Vorführung zu beginnen.

»Florentinische Nächte, die mir ein Madel gesungen, ist mir damals erklungen als die schönste Musik!«

Siegfried hat das gefühlsselige Lied mit drei Strophen auf zwei Verse verkürzt, die er uns immer wieder voller Begeisterung vorsingt. Dabei schwenkt er die Arme hin und her und dreht sich tanzend im Kreis.

»Florentinische Nächte, die mir ein Mädel gesungen, ist

mir damals erklungen als die schönste Musik!«

Wir sind ganz fasziniert vom Text, aber auch von der Darbietung. Welch eine Welt eröffnet er uns! Tanzen mit Gesang! Das ist in unserem Leben noch nicht vorgekommen. Alle unbenannten Sehnsüchte und Wunschvorstellungen scheinen hier geballt auf den Punkt gebracht und zu einer Uraufführung zu kommen.

Bald stimmen wir in seinen Gesang mit ein, um uns diese utopische Welt zu eigen zu machen. Wie im Rausch wiederholen wir die Verse und genießen die sich ausbreitende Fröhlichkeit.

FLORENTINISCHE NÄCHTE

Florentinische Nächte
Ihr bleibt mir im Gedächtnis
Als das große Vermächtnis
Einer Reise ins Glück

Ein poetischer Tango
Den ein Mädel gesungen
Ist mir damals erklungen
Als die schönste Musik

Und ich frug, wer sie ist
Rafaela hieß sie
Und sie hat mich geküsst
Ich vergesse sie nie

Florentinische Nächte
Du Italia bella
Und auch du, Rafaela
Kommt noch einmal zurück

Ich seh' im Geist die Schenke vor mir
Hör' den Gesang bei offener Tür
Und trete ein und du singst tief dich in mein Herz hinein

Ich küss' im Geist dein nachtschwarzes Haar
Und deiner Augen trauriges Paar
Und durch die Adern strömt dein Blut
Wie schwerer roter Wein

Florentinische Nächte
Ihr bleibt mir im Gedächtnis
Als das große Vermächtnis
Einer Reise ins Glück

Ein poetischer Tango
Den ein Mädel gesungen
Ist mir damals erklungen
Als die schönste Musik

Und ich frug wer sie ist
Rafaela hieß sie
Und sie hat mich geküsst
Ich vergesse sie nie

Florentinische Nächte

Du Italia bella
Und auch du, Rafaela
Kommt noch einmal zurück
O komm' zurück

MALHEUR

Die Grimm'sche Fassung von Frau Holle mochte ich als Kind überhaupt nicht. Warum? Wegen der »Pechmarie« Diese Pechmarie war zu bequem, um das Brot aus dem Ofen zu ziehen, die reifen Äpfel zu ernten und Frau Holle die Betten aufzuschütteln, kurz gesagt: Sie war faul und ungehorsam – und hässlich obendrein.

»Du bist aber auch eine richtige *Pechmarie*« – das bekam ich oft zu hören, wenn ich mal wieder hingefallen war, mir die Knie aufgeschlagen hatte oder mir ein Teller aus der Hand gerutscht war.

Ein wenig hässlich fand ich mich auch im Vergleich zu meiner älteren Schwester, aber dumm, faul und nicht »artig«? Das stimmte ja wohl nicht. Nein, diese Attribute brauchte ich mir nicht zuschreiben. Eher war ich etwas ungestüm, manchmal zu spontan und linkisch, so dass ich über die eigenen Füße fiel. Aufgeschlagene Knöchel und Knie, zerrissene Schürzenträger und Kleiderröcke, schmutzige Kniestrümpfe und ein verheultes Gesicht. Das waren meine Kennzeichen. Wer stolpert über eine Baumwurzel? Wem fällt das Butterbrot in den Sand? Wer hat schon wieder die Haarschleifen und die Zopfspangen verloren? Wer ist schon wieder erkältet und hat eine Schnöttnase? Immer ich.

Erkältungskrankheiten habe ich mir in meiner Kindheit fortwährend einfangen. Dafür gab es viele Gründe. Einmal war der Körper durch den Mangel an Vitamin D im Winter anfälliger, zum anderen war die Ernährung sehr einseitig. Obst und frisches Gemüse waren nicht greifbar. Wir Kinder bekamen selten ein Stück Fleisch auf den Teller und vor dem Speck ekelte ich mich. Auch die mangelhaften hygienischen Bedingungen trugen zur Verbreitung der Viren bei. Unterwäsche, Strümpfe und Oberkleidung wurden nicht so oft wie heute gewechselt und gewaschen.

Im Winter hatte ich große Mühe, im Bett warm zu werden, wenn an den Wänden und am Fenster die Eisblumen glitzerten. Ich erinnere mich an die Kälte in einem Winter sofort nach dem Krieg, als eine Oberlichtscheibe zersprang, kein Ersatz zu bekommen war und das Fenster mit Pappe zugenagelt wurde.

Abends legte mir Mutter immer einen heißen Stein, der mit Zeitungspapier umwickelt war, zum Aufwärmen der Füße ins Bett. Die Socken behielt ich immer im Bett an, so dass ich die Füße ohne Verletzung an dem heißen Stein reiben konnte. Eine Wärmflasche für jedes Kind war zu teuer.

War ich zu lange draußen in der Kälte, konnte ich mir als Mädchen auch schnell eine Blasenentzündung einfangen. Lange Hosen für Mädchen – und zunächst auch noch für Jungen – gab es noch lange nicht: Jungen trugen kurze Hosen mit langen Strümpfen und Mädchen eben Kleider. Die Oberschenkel waren dann wegen der Strumpfhalter nicht ganz bedeckt und der Kälte von unten her ausgesetzt. Ich erinnere mich noch an ein ganz tolles Geburtstagsgeschenk nach dem Krieg, als es schon wieder Textilien zu kaufen gab. Das war eine hellblaue, innen angeraute Unterhose, die die Oberschenkel ganz bedeckte.

Den ganzen Winter über kamen Hausmittel zur Anwendung: heiße Milch und abends ein Butterlappen auf die Brust, um den Husten zu lindern. Die Butter schmolz durch die Körperwärme über Nacht. Da wir immer zu zweit in einem Bett schliefen, konnte man sich einerseits bei Kälte gut gegenseitig wärmen, wenn man dieselbe Schlafstellung einnahm, andererseits war die Ansteckungsgefahr natürlich erheblich größer.

Schutzimpfungen kamen erst viel später auf. So verbrachte ich die Winter mit den typischen Grunderkrankungen: Keuchhusten, Masern und Röteln.

Irmgard und Hedwig hatten den Vorteil, in den Ehebetten an der Seite von Mutter oder Tante Agnes zu schlafen, währenddessen ich im Nebenzimmer bei Tante Sefa schlafen musste. Das bedeutete, dass ich etwas abseits lag und so auch leicht vergessen werden konnte.

Ich bin mal wieder krank, habe Fieber und muss im Bett bleiben. Jetzt sind die Schulkinder weg und Tante Sefa kommt mit einer Tasse heißer Milch an mein Bett. Danach müssen die Erwachsenen erst mal frühstücken. Ich kann sie reden hören und wage zu rufen. Das Fiebermessen habe ich erfolgreich hinter mir. Temperaturen unter 39 Grad gelten als nicht beängstigend. Der Gedanke, einen Arzt zu konsultieren, kommt überhaupt nicht auf, es sei denn, das Fieber hält mehrere Tage an und steigert sich noch, wie bei der Lungenentzündung 1953, als ich in der zweiten Klasse des Gymnasiums war. Ich brauchte acht Wochen, um wieder auf die Beine zu kommen, denn Penicillin gab es für uns noch nicht.

Wenn man sich schwach und elend fühlt, dann hätte man gern jemanden um sich, der einen etwas umsorgt und mitfühlt, aber das kam bei uns nicht vor. Das Beste, was man mir am Vormittag zukommen ließ, war ein Zuckerzwieback. Danach ist den ganzen Vormittag Funkstille angesagt. Tante Sefa ist mit dem Mittagessen beschäftigt, Mutter macht kurz die Betten und schüttelt mir das Kissen auf, um dann zur täglichen Arbeit aufs Feld zu gehen. Schlapp und fiebrig kann ich nur die Dielen der Holzdecke anstarren, ihre unterschiedlichen Muster betrachten und den tschilpenden Spatzen auf dem Dach lauschen. Es hat keinen Sinn, zu rufen oder vor sich hin zu weinen. Ich bin ja versorgt, kann im Bett liegen, währenddessen alle anderen arbeiten müssen. Nur für den Gang zum Nachttopf kann man

Hilfe erwarten. Ich kann gar nicht beschreiben, wie öde und schrecklich langweilig mir die Zeit bis zum Mittagessen vorkommt.

Ist Mutter wieder im Haus, kommt sie aber sofort an mein Bett mit der alles entscheidenden Frage: »Johannisbeeren oder Stachelbeeren?« Das bedeutet, dass sie für mich ein Glas Eingemachtes aus dem Keller holen wird. Glaskirschen haben wir leider nicht bei unseren Obstbäumen. Also kommen wir nie in den Genuss dieser herrlichen Früchte. Was ich mir zum Nachtisch wünschen will, habe ich mir schon den ganzen Vormittag überlegt. Beides – Johannisbeeren *und* Stachelbeeren – geht nicht. Meine Antwort ist also eindeutig: Es müssen Johannisbeeren sein. Die sind am besten gezuckert. Manchmal gibt es als Zugabe noch einen kleinen Teller mit warmem Vanillepudding, aber das ist heute nicht der Fall. Es ist ja Alltag.

Danach ist für mich Mittagsschlaf angesagt – mit der Aussicht, gegen Abend vielleicht einmal aufstehen zu dürfen, um im Wohnzimmer neben dem Ofen zu sitzen.

Wenn ich dann aber die Schwestern munter herumspringen sehe, bin ich doppelt deprimiert. Abends schlafe ich mit der Hoffnung ein, in zwei oder drei Tagen wieder auf den Beinen zu sein, falls die Hausmittel anschlagen: Holundersaft, Kamillentee, Butterlappen auf der Brust, Wärmflasche, zum Versüßen ab und zu ein Zuckerzwieback und drei Esslöffel Johannisbeeren aus dem Glas.

TV, Handy, Laptop, CD-Player oder wenigstens ein Radio – das wäre toll gewesen. Bücher gibt es bei uns im Haus nicht, nur eine Bibel. »Mein Kampf« von Hitler, ein Hochzeitsgeschenk der Gemeinde von 1939, ist in der Kriegszeit den Flammen des Herdfeuers geopfert worden. Dann gibt es noch das Lesebuch in meiner Schultasche. Aber das habe ich sofort zu

Beginn des Schuljahres komplett durchgelesen. Auf die Bibel und das Mathebuch kann ich mit Fieber gut verzichten.

<h2 style="text-align:center">DEFIZITE</h2>

In regelmäßigen Abständen kommt Möllers Opa uns besuchen. Er erkundigt sich bei Mutter nach den Stand der Dinge, gemeint ist: Wie steht es mit den Kindern, mit dem Vieh und der Landwirtschaft? Diese Besuche werden von Tante Sefa und Mutter sehr geschätzt, denn Möllers Opa ist ein erfahrener Landwirt.

Meistens hat er auch ein Bonbon für uns in der Hosentasche, so dass wir uns auch gerne in seiner Nähe aufhalten. Und Hedwig weiß auch, was jetzt folgt. Er nimmt sie auf den Schoß und das »Hoppe, hoppe, Reiter«-Spiel beginnt.

»Fällt er in den Graben, fressen ihn die Raben!«

Schon lässt Möllers Opa Hedwigs Hände etwas länger und dann der Höhepunkt:

»Fällt er in den Sumpf, macht der Reiter Plumps!«

Jetzt berührt Hedwig mit langgestreckten Armen fast den Fußboden der Küche. Sie jauchzt laut und mit einem Ruck wird sie hochgezogen. Sie ist hocherfreut. Das Spiel hat Spaß gemacht.

Hedwig bleibt zufrieden auf Möllers Opas Schoß sitzen. »Noch einmal?«, fragt er sie.

Sie nickt nur, denn sprechen kann sie mit drei Jahren immer noch nicht. Kein einziges Wort. »Das kommt noch!« So beruhigen die Verwandten unsere Mutter. Hedwig ist einfach »etwas zurückgeblieben«. Ein Kinderarzt wird erst später deswegen befragt.

Irmgard und ich müssen Hedwig überallhin hin mitnehmen, denn die Erwachsenen sind zu beschäftigt, um auf sie aufzupassen. Wir haben einen kleinen Bollerwagen, den ich meistens ziehen muss. Manchmal lassen wir den auch am Haus stehen und laufen einfach weg. Aber dann gibt es gleich ein mörderisches Geschrei von Hedwig, das die Großen aufmerksam macht.

Abends und morgens sitzt Hedwig im Bett, beugt sich vor und zurück und gibt S-Laute mit fest verkrampften Händen von sich. Warum macht sie das? Ich werde erst als Studentin dieses Verhalten zuordnen können. Als Kind weiß ich, dass es sie beruhigt und dass sie diese Bewegung wohl braucht. In abgewandelter, milderer Form hat Hedwig dieses Verhalten ein Leben lang beibehalten. »Was macht Hedwig?«, lautet oft die Frage. Sie ist wieder am »Zissen«. Das war unsere Antwort in der Kindheit. Aber lustig gemacht haben wir uns darüber nicht.

WAFFELN

Hedwig hat im Kindesalter noch lange Anzeichen von Hospitalismus gezeigt und aß oft ohne viel Appetit.

Auf Anraten von Tante Lisbeth wurde sie dem Kinderarzt in Cloppenburg vorgestellt, der Mutter eine Höhensonnentherapie vorschlug, eine Behandlung mit UV-Strahlen, damit wenigstens der Appetit etwas angeregt würde. Da Mutter nachmittags keine Zeit hatte beziehungsweise für den Termin wegen der Arbeit auf dem Feld keinen halben Tag opfern konnte, mussten Irmgard und ich die wöchentlichen Fahrten mit dem Zug nach Cloppenburg unternehmen. Ich war vom Schulweg her mit dem Zugfahren vertraut. Daher muss ich wohl in der fünften Klasse gewesen sein, Irmgard in der sechsten. Wir machten diesen Ausflug gerne, denn wir durften immer eine D-Mark ausgeben, wenn abzusehen war, dass wir nicht wegen eines möglichen Zwischenfalls telefonieren mussten. Sonst bekamen wir nie Geld zum »auf den Kopf hauen«, wie gesagt, zum Verprassen.

Heute ist wieder der »Cloppenburg-Tag«. Hedwig wird auf den Gepäckträger gesetzt und auf geht's zur Bahnstation nach Hemmelte. Die Fahrt nach Cloppenburg dauert zwanzig Minuten.

Dann laufen wir zu Fuß zum Kinderarzt in der Soestenstraße. Essen oder Trinken haben wir nicht dabei. Solange Hedwig vor der Höhnsonne sitzt, langweilen wir uns im Wartezimmer. Bücher oder Zeitschriften gibt es nicht. Wir spielen »Ich sehe was, was du nicht siehst«. Nach einer halben Stunde ist die Therapie beendet. Jetzt geht es im Laufschritt zurück zum Bahnhof, um den Zug noch zu erwischen. Im Laufen ist Hedwig nicht gut. Sie klagt immer über Schmerzen in den Beinen; das kenne ich schon vom Kirchweg her, wenn ich sie mitschleppen muss. Jetzt habe ich nur ein Ziel vor Augen. Ich will in einem Lebensmittelgeschäft kurz vor dem Bahnhofsgebäude für unsere D-Mark Eiswaffeln holen, diese kleinen viereckigen Kekse, die es lose zu kaufen gibt.

Ich laufe schon einmal vor, denn man weiß nie, wie lange man im Laden warten muss, bis man bedient wird. Heute dauert es auch länger, weil vor mir noch zwei Kunden stehen. Als ich endlich aus der Tür komme, warten Irmgard und Hedwig schon auf mich. Schnell steckt sich jede eine Eiswaffel, eine köstliche Eiswaffel, in den Mund und dann geht's im Galopp durch die Sperre am Bahnhof, die Treppe hinunter, durch den Tunnel, dann nochmal die Treppe hinauf zum Bahnsteig Zwei und dann schnell zum Zug. Oje, der Bahnhofsvorsteher mit der roten Mütze steht schon dort – die Pfeife im Mund, den Arm mit der Kelle zur Abfahrt erhoben! Ich bin als Erste am Zug, am Triebwagen, steige die eisernen Trittstufen hoch, Irmgard folgt. Wir stehen jetzt auf der zweiten Stufe, um Hedwig hochzuziehen. Sie ist einerseits erschöpft vom Laufen, andererseits kann sie die erste große Stufe zwischen Bahnsteig und Waggon nicht aus eigener Kraft bewältigen. Und dann passiert das Malheur! Hedwig rutscht ab und droht auf das Gleisbett zu fallen – in den Zwischenraum von Zug und Bahnsteig. Sie bleibt aber mit einem Fuß hängen und wir können sie gerade noch hochziehen, bevor der Pfiff erfolgt.

In diesem Moment steht mir das mögliche Ausmaß der ganzen Katastrophe schlagartig vor Augen. *Sie fällt runter, kommt unter den Zug und ist tot.* Und das alles wegen der Kekse!

Hedwig weint, sie hat sich eine blutende Schramme an der Eisentreppe geholt. Im Abteil möchte ich mich vor lauter Scham am liebsten unter den Holzbänken verkriechen. Hedwig können wir für kurze Zeit mit einem extra Keks beruhigen. Ich habe ein ganz schlechtes Gewissen. Irmgard lässt sich nichts anmerken. Aber wir beide haben wohl denselben Gedanken im Hinterkopf: Hedwig darf zu Hause nicht erzählen, wie es zu diesem Zwischenfall gekommen ist.

Das Bild am Zug mit dem Abrutschen habe ich mein Leben lang nicht vergessen. Zu Hause hat niemand etwas davon erfahren.

»Was hast du denn da am Bein, Hedwig?«, fragt Tante Sefa, die sofort sieht, dass wir ein Taschentuch um die Schramme gebunden haben.

»Das hat sie beim Einsteigen in den Zug gekriegt!«, antworte ich schnell, damit Hedwig nicht noch etwas anderes sagt, denn sie verzieht schon wieder den Mund, als ob sie wieder anfangen wollte zu weinen.

Tante Sefa nimmt Hedwig auf den Schoß, besieht sich die Schramme und meint: »So schlimm ist es ja nicht geworden. Ich puste mal ein bisschen und dann kommt die schwarze Salbe darauf.«

Hedwig ist abgelenkt und hat sich wieder beruhigt.

Und ich bin froh, dass das große Strafgericht noch einmal an mir vorbeigegangen ist.

AUF DEN KOPF FALLEN

Nein, ich war nicht auf den Kopf gefallen, das wurde spätestens dann deutlich, als ich zum Gymnasium angemeldet wurde und die Aufnahmeprüfung bestand.

In der Praxis aber bin ich doch mehrfach auf den Kopf gefallen!

Aus unterschiedlichen Gründen …

Das erste Mal passiert mir das Malheur während der Pause in der Schule. Das einzige Gerät, das es auf dem Schulhof gibt, ist eine zweiteilige Turnstange, eine für die Mädchen, eine für die Jungen. Klara aus dem achten Schuljahr macht mir vor, welche Turnübungen daran möglich sind: Aufschwung, Umschwung, auch mit einem Bein, das kann sie etliche Male. Ich staune.

»Der Trick ist«, verrät sie, »du musst alles ganz schnell machen. Du musst dich schnell drehen und sehr wendig sein, sonst können dir die Jungs unter den Rock gucken, wenn du hängen bleibst, und vielleicht sogar sehen, welche Unterhose du anhast.«

Das leuchtet mir ein. Zum Gespött der Jungs möchte ich nicht werden.

Ich bin sehr froh, als mir ein Aufschwung gelingt und

ich mich oben auf die Turnstange setzen kann, um von da aus dem Treiben auf dem Schulhof zuzusehen. Aber was ist das? Rumms! – falle ich vornüber auf den harten Schulplatz und bleibe liegen. Ich habe mich wohl nicht festgehalten und nicht bemerkt, dass ein Junge mit einem Ruck die andere Turnstange für sich in Anspruch genommen hat. Gestützt von einigen starken Mädchen komme ich im Klassenzimmer zu mir. Ich habe keine äußeren Verletzungen, habe mir nur beim Abfedern mit den Händen auf dem Boden ein paar Schrammen geholt. Aber das Gefühl, mich sehr ungeschickt verhalten zu haben, beschämt mich total. Warum muss immer mir so etwas passieren? Zu Hause wird der Unfall nicht erwähnt und so bleibt die Gehirnerschütterung unbehandelt. Unternommen hätte man aber damals eh nichts.

Der zweite Sturz lässt nicht lange auf sich warten. Heute ist Turnen angesagt, das heißt Glitschen auf dem Eis in der anliegenden Wiese. Ich kann es nicht fassen! Wir brauchen nicht rechnen oder schreiben, wir dürfen eine ganze Stunde lang glitschen! Es gibt viele Bahnen. Die großen Jungs und Mädchen habe eine lange Bahn gefunden und mit einem längeren Anlauf können sie das Tempo und die Länge noch verbessern. Ich halte mich lieber an die kleineren, überfrorenen Pfützen, um überhaupt in die Balance zu kommen. Einmal geschafft! Das Gleichgewicht bei längeren Glitschbahnen zu halten, das möchte ich so gern versuchen. Ich kann gut rechnen, schöne Aufsätze schreiben, auch schnell laufen, aber im Turnen war ich wohl eine Niete. Da kann ich nur die Kinder bewundern, die meterlange Glitschbahnen mühelos bewältigen.

Also, los! Nur Mut! Einen kleinen Anlauf nehmen, das rechte Bein halb schräg aufsetzen, den linken Fuß nachziehen, jetzt die Arme balancierend zur Seite ausstrecken. Und, und, und – Rumms! – liege ich auf der Nase, das heißt, ich schlage mit dem Kopf auf dem Eis auf und spüre nichts mehr. Als ich im Wohnzimmer des Hauptlehrers auf dem Sofa aufwache, ist mir das Ganze doch recht peinlich. Man hat mir einen nassen Waschlappen auf die Beule gelegt, aber sie schwillt trotzdem an. Zu Hause wird nach der Ursache der Beule nicht lange gefragt.

»So, du bist auf dem Eis hingefallen? Tut's noch weh?«

»Nein, nicht«, versichere ich schnell, damit der ganze Vorgang nicht noch einmal aufgerollt wird.

Auch dieser Sturz bleibt ohne Behandlung. Kopfschmerzen stellen sich dagegen oft ein. Mir wird schnell beim Drehen im Kreis übel. So muss ich auf der Kirmes auf die Kaffeemühle des Karussells verzichten.

Dabei sind die Sitzplätze darauf sehr begehrt, denn die Jungs veranstalten das zusätzliche Drehen der Kaffeemühle in Gegenrichtung des Karussells immer, wenn ein Mädchen, das sie besonders mögen, in der Kaffeemühle sitzt. So schaue ich immer nur sehnsüchtig zu und kann auf diesem Weg nie erfahren, welcher Junge mich mag. Das kann ich nur durch Blickkontakt herausbekommen, am besten beim Umdrehen in der Kirche. Geklappt hat das schon ab und zu.

GEBRANNT

Es ist November, Irmgard und ich spielen bei Tellmanns in der Küche »Ticken« mit unserem Freund Siegfried. Auf Socken, das macht besonders viel Spaß.

Auf dem Herd brodelt ein großer Kessel mit Zuckerrübensirup, Tellmanns Mutter kommt mit ihrer großen Tochter Klara in die Küche und schaut nach dem Herdfeuer.

»Jetzt können wir den Pott wohl vom Feuer nehmen«, meint sie und schaut zu Klara. »Komm, fass mal mit an!«

Beide ziehen unter großer Anstrengung den brodelnden Kessel zur Seite und wollen ihn auf den Boden stellen. Aber der Kessel kippt und die kochend heiße Flüssigkeit ergießt sich blitzschnell über den Steinfußboden. Ich stehe gerade mit dem Rücken zum Herd, sehe die Gefahr nicht kommen wie die anderen beiden, bleibe einen Moment stehen, bevor Tellmanns Mutter mich aus der Gefahrenzone zieht. Ein Bein habe ich noch reflexartig hochgezogen, aber trotzdem hat es mich erwischt.

Siegfried und Irmgard können sich in eine Ecke retten, denn die sämige Sirupbrühe verbreitet sich nicht so schnell. Nach dem ersten Schock beginnt sofort der große Schmerz. Ich heule laut los und kann mich nicht beruhigen. Die Mutter nimmt mich auf den Schoß und zieht vorsichtig den Strumpf ab. Eine handtellergroße Verbrennung am rechten Fuß. Meine Schwester hat schon ihre Jacke geschnappt, um nach Hause zu rennen und unsere Mutter zu informieren. Ich heule und heule und Tellmanns Mutter weint mit. Es tut ihr so leid, dass sie mir nicht helfen kann. Auf ihre Bitte hin bringt Klara ein sauberes Trockentuch, das lose um den verbrannten Fuß geschlungen wird. So hocken wir beide auf der Küchenbank, als unsere Mutter mit ernstem Gesicht eintrifft.

Sie besieht sich den Fuß und scheint irgendwie erleichtert zu sein, dass keine anderen Körperteile betroffen sind. Ich werde auf den Gepäckträger eines Fahrrades gesetzt und Tellmanns Mutter schiebt mich, sich immer wieder entschuldigend wegen des Missgeschicks, nach Hause.

Wundreinigung? Wundbehandlung? Arztbesuch? Fehlanzeige! Was soll man schon machen? Das Bestreuen mit Mehl – einem altem Hausmittel bei Verbrennungen – wird bei mir Gott sei Dank nicht vorgenommen. Die Verbrennung muss so heilen, die Kühlung mit einem kalten Lappen bringt auch keine

Linderung. Ich werde in Mutters Bett gepackt, das Schlafzimmer wird verdunkelt und ich heule mich in den Schlaf, mit dem
Gefühl, wieder einmal die Pechmarie zu sein.

DIE GROSSEN

Märchen und Sagen aber auch Berichte aus fremden Ländern fielen bei mir in der Grundschulzeit auf fruchtbaren Boden. So war es auch mit dem Roman von Jonathan Swift, »Gullivers Reisen«, aus dem meine Lieblingslehrerin, Fräulein Fortmann, uns im vierten Schuljahr vorlas. Gab es das Land, die Insel Liliput wirklich? Kaum zu glauben – oder doch?

Gulliver wacht nach einem Schiffbruch an der Küste von Liliput auf und wird gefangen genommen, ein Menschenberg, zigmal größer als die Einwohner von Liliput. Fräulein Fortmann zeigt uns eine bebilderte Ausgabe des Romans und ich kann mich gar nicht an dem besiegten Riesen sattsehen. Da liegt Gulliver ohnmächtig am Boden und wird wie ein Paket von zahlreichen Liliputanern verschnürt. Das gefällt mir. Ein mächtiger Großer muss sich ergeben. Die Kleinen halten ihn gefangen. Einmal siegen, die übermächtigen Erwachsenen besiegen und dann triumphieren? Das wäre ein Abenteuer, aber wie diese Menge an Gleichgesinnten finden? In der Schule wäre das sicher nicht so schwer. Die Jungs der Oberstufe könnten den autoritären Rektor in Schach halten. Aber zu Hause? Keine Chance, dass dort jemand nach meiner Pfeife tanzt.

Die Verhaltensweisen der Erwachsenen, der Großen, sind für mich oft unverständlich: »Lieb sein, nicht aufmucken! Einfach gehorchen, ohne etwas zu hinterfragen.« Das ist der Anspruch der Großen. Traue ich mich einmal, meine persönlichen Meinung kundzutun, werde ich mit der Bemerkung »Davon verstehst du nichts« oder »Das ist nichts für Kinder« abserviert.

Kommt am Sontag angekündigter Besuch, weiß ich genau, wie ich mich zu verhalten habe. Insgeheim würde ich meine Schwestern gerne einmal dazu anstiften, den vorgegebenen Rahmen zu sprengen, aber die allgemeine Ansage lautet anders:

»Begrüßen! Einen Knicks machen. Für die Süßigkeiten bedanken. Dann verschwinden! Ein Stück Topfkuchen wird durch das Küchenfenster gereicht, wenn das Kaffeetrinken beendet ist. Solange der Besuch noch nicht da ist, nicht dreckig machen.« Federführend bei all diesen Maßregeln ist immer Tante Sefa.

Auch bei Tisch gilt die bekannte Regel: Kinder darf man wohl sehen, aber nicht hören. Mutter unterwirft sich diesen Regeln, obwohl sie meine kindlichen Reaktionen wahrnimmt und richtig interpretiert. Ihre Augen sprechen immer Bände. Sie sagen: Benimm dich einfach so, wie es sich gehört, dann brauche ich mir später auch nicht die Beanstandungen der Tante anzuhören.

Bei mir bewirkt das sehr früh, dass ich mich mit Mutter identifiziere, immer schnell nachgebe und nach Lösungen für die anderen suche, um Streit oder Strafe zu vermeiden. Diese Feinfühligkeit hat dazu geführt, dass ich später regelrecht ein Helfersyndrom entwickelt habe. Mich zu wehren, das hatte ich nicht gelernt.

Die Machtungleichheit zwischen Kindern und den Erwachsenen, den Großen, scheint mir unüberwindbar, wurde aber von meiner älteren Schwester anders empfunden als von mir.

Hin und wieder gab es aber auch Erwachsene in meinem Umfeld, die Brücken bauen konnten, Große, die zu den Liliputanern hinunterstiegen und sie aufwerteten.

PUCK UND MUCK

In Vorfreude auf einen kleinen Höhepunkt am Morgen im Winter ziehen Irmgard und ich los zur Schule. Kalte Nasen, kalte Fingerspitzen – trotz des doppelten Paares von Handschuhen – und auf dem Kopf spitze, genähte Mützen, mit Samtstoff ausstaffiert. Kapuzen gab es damals noch nicht, nicht an Mänteln, aus welchen Stoffresten sie auch immer zusammengenäht worden waren. Nach einer kurzen Wegstrecke zu Fuß kehren wir bei Tellmanns ein, um unseren Freund Siegfried abzuholen. Durch die Seitentür der kargen Waschküche, die immer offen steht, geht es über die Diele hinein in die Küche.

Und jetzt sind wir beiden Mädchen wichtig. Wir treten freudig ein. Der Vater sitzt am Tisch, die Mutter ist geschäftig, aber nicht hektisch beim Brote schmieren. Irmgard und ich bleiben in der Tür stehen, grüßen zaghaft mit »Moin« und schließen dann vorsichtig die Tür. Sie hat ein Glasfenster mit einer Gardine davor.

Der Vater wendet sich uns zu, freut sich, dass wir gekommen sind, und schmunzelt. »Da seid ihr ja, Puck und Muck, die beiden Zwerge. Lasst euch mal anschauen! Ja, ich muss euch anschauen. Geht doch mal da rüber. Stellt euch da vor die Tür.«

Er meint die Tür zu Marias und Elisabeths Schlafkammer. Wir wissen Bescheid, denn dieser Vorgang wiederholt sich jeden Morgen. Wir gehorchen und drängen uns zu zweit in den Türrahmen.

»Ja, so ist es richtig. Schön gerade stehen, und jetzt mal lachen. Nein, so nicht, etwas mehr, richtig laut. Das könnt ihr! Mutter, guck mal, sehen sie nicht gut aus, Puck und Muck, die beiden Zwerge? Schön. Puck und Muck, die beiden Zwerge.« Er klatscht vor Freude in die Hände. »Nein, nein, stehen bleiben. So ist's richtig! Lacht doch noch mal!«

Wir drehen und wenden uns verschämt.

»Jetzt lass sie aber mal in Ruhe, Vater!«, mahnt die Mutter.

Der zögert noch, dann sagt er ganz gefällig: »Na gut, jetzt ist's genug, ab in die Schule. Und gut aufpassen heute!« Und wie immer er fügt hinzu: »Aber morgen wiederkommen, hört ihr? Irmgard – und du auch, Maria.«

Wir schlüpfen schnell mit Siegfried hinaus. Erleichtert, aber auch irgendwie froh, gewertet, gesehen und angesehen.

Welches Gespür eines Vaters von acht Kindern für zwei vaterlose Mädchen, denen oft nicht zum Lachen ist, von denen das eine noch genug Selbstbewusstsein mitbekommen hat, das andere aber manches Mal den ganzen Frust des Lebens nur mit Fingerlutschen kompensieren kann, wofür es natürlich auch gehänselt oder – wenn es beim Zuckernaschen erwischt wird – bestraft wird.

Das Loch im Stuten

Früher kam häufiger ein Stuten mit einem Luftloch auf den Tisch, wenn wir das Brot bei Menken-»Schitt« gekauft hatten. Der Beiname »Schitt« deutete schon darauf hin, dass sein Schwarzbrot oft kleisterig und nicht richtig durchgebacken war. Wir Kinder hatten unseren Spaß, wenn solch ein Brot angeschnitten wurde.

»Oh, da ist wohl wieder der Bäcker durchgekrochen!«, hieß es dann. Ich stellte mir den Vorgang sofort plastisch vor und hatte innerlich einen Riesenspaß.

Unser Bäcker ist groß und kräftig und lacht nie. Auf jeden Fall habe ich das noch nicht gesehen. Er scheint immer schlechte Laune zu haben und seine Frau wird oft in Gegenwart anderer angeschnauzt. Sonntags brüllt und flucht er besonders laut, wenn alle drei erwachsenen Söhne zu Hause sind. Manchmal geht es auch um das Pferd, das hinter dem Haus auf der Weide ist und wahrscheinlich bewegt werden soll. Wir bekommen wirklich viel davon mit, denn unsere Grundstücke liegen sehr dicht beieinander, was sonst auf dem Land nicht oft vorkommt. Seine Frau pflegt engen Kontakt mit meiner Mutter und der

Tante. Sie benutzt einen Durchschlupf, um sich zu uns zu stehlen, nur ein paar Meter von ihrem Grundstück bis zu unserer Waschküche – einmal über den Sandkasten, nicht mal fünfzig Schritt.

Neben dem Wohnhaus – direkt an der Straße – befindet sich ein kleiner Laden mit der angrenzenden Backstube. In diesem Gebäude ist zur Straße hin noch eine Mühle untergebracht, die einen Aufgang mit Stufen hat. Wenn der Bäcker tagsüber schläft, spielen wir gerne dort, ebenso an dem Graben vor der Mühle. Im Winter oder im Frühjahr ist der Graben meist mit Wasser gefüllt, im Sommer trocken. Sobald es das Wetter im Frühjahr zulässt, üben wir Weitsprung über den Wassergraben. Wehe, wenn man mit den glatten Holzschuhen ausrutscht und mit voller Montur im kalten Graben landet! Das passiert natürlich nur mir. Und ich bekomme noch Schimpfe dazu. Die nassen Sachen müssen am Herd trocknen und ich, weil ich nichts zum Wechseln habe, so lange ins Bett.

Unser Spiel draußen ist natürlich mit Geschrei und Lärm verbunden, so dass Menken-Schitt sicher manches Mal im wohl verdienten Schlaf gestört wird. Aber darüber denke ich nie nach. Vielmehr betätige ich – da Irmgard sich nicht traut – die Kurbel seines Schleifsteins, der genau vor seinem Schlafzimmerfenster steht, dass das Wasser nur so spritzt. Da erscheint der Bäcker plötzlich in der Seitentür, die zum Hof führt, und schimpft mit hochrotem Kopf: »Wollt ihr wohl verschwinden, ihr alten Puter!«

Und eben dieser unfreundliche Mann, der kein Verständnis für Frau und Kinder zeigt, muss in meiner Fantasie durch seinen eigenen klebrigen Teig kriechen.

Ich stellte ihn mir vor: sein verzerrtes Gesicht. Völlig verdreckt, an seiner Bäckerkluft zäher Teig, ebenso an Händen und Füßen. Er will alles abschütteln, aber das geht nicht. Ich sehe ihn von oben bis unten an und lache schadenfroh. Geschieht ihm recht.

Jawohl!

SCHWIMMEN LERNEN

Heute machen wie wieder eine Wanderung mit unserem neuen, jungen Lehrer. Wir können viel unterwegs lernen, die Rübenreihen zählen, die Entfernung schätzen, Vögel und Pflanzen kennenlernen und benennen oder einfach nur singen und die frische Luft genießen. Immer wieder etwas Neues. Aber heute ist es um zehn Uhr schon über fünfundzwanzig Grad warm. So trotten wir durstig und lustlos an der Bäke, die zwischen Warnstedt und Elsten verläuft, entlang. Selbst Alfons aus dem vierten Schuljahr stöhnt laut: »Mann, bin ich kaputt!«, und die Kleinen aus dem ersten Schuljahr jammern. »Ich kann nicht mehr laufen!« Ich, als Zweitklässlerin, wünsche mir auch dringend eine Pause. Bis zur Schule sind es bestimmt noch zwanzig Minuten Fußweg. Dort gibt es dann endlich Wasser aus dem Kran auf dem Flur.

Unser Junglehrer Brägelmann bleibt davon nicht unberührt. »Stoppt mal«, sagt er zu den Jungs, die an der Spitze gehen. »Setzt euch doch mal alle ins Gras.«

Wir nehmen bereitwillig auf der Böschung Platz. Der Lehrer zeigt auf eine Ausbuchtung in der Bäke, die wie ein kleiner Pool aussieht.

»Schaut mal. Ich glaube, hier ist die Bäke gar nicht tief. Da könnt ihr euch wohl etwas abkühlen.«

Die Jungs haben schnell ihre Sandalen ausgezogen und schon sind sie mit der kurzen Hose im Wasser. Der Lehrer ermuntert uns Mädchen, ins Wasser zu steigen und das kühle

Nass zu genießen. Gisela und Hildegard trauen sich und tapsen vorsichtig ins Wasser. Sofort werden sie nass gespritzt. Der Lehrer schaut lachend zu.

»Die Mädchen können ja auch ruhig das Kleid ausziehen«, meint er. »Hier sieht euch ja niemand.«

Das lasse ich mir nicht zweimal sagen und schon bin ich im Wasser. Ich tauche schnell bis zu den Schultern unter, damit man den Unterrock nicht sieht. Irmgard kommt auch ins Wasser, aber ihr Kleid behält sie an. Das ist eine Freude, ein Hochgenuss. Einige Jungen machen erste Schwimmversuche, nachdem sie auf der Böschung dazu unter Anweisung die entsprechenden Trockenübungen gemacht hatten. Wir können gar nicht aufhören, so toll finden wir dieses Wasservergnügen. Aber nach einer Viertelstunde müssen wir doch aufbrechen. Auf dem Weg zur Schule trocknet die Unterwäsche. Wir fühlen uns erfrischt, wie neugeboren. Außerdem sind wir Mädchen sehr vom Vorschlag des Lehrers angetan, nachmittags wiederzukommen und noch einmal unter Aufsicht das kühle Wasser des Baches zu genießen.

Also erzähle ich begeistert am Mittag zu Hause von diesem Unternehmen. Die Tante sagt erst nichts, dann löchert sie uns mit Fragen.

»Waren Jungen und Mädchen zusammen im Wasser? Was? Das glaube ich doch nicht! Du hast dein Kleid ausgezogen und warst im Unterrock im Wasser, Maria? Und heute Nachmittag wollt ihr weitermachen? Das geht auf keinen Fall! Das gehört sich nicht! In Unterhose und Jungen und Mädchen zusammen! Das geht nicht. Wenn das der Pastor erfährt!«

Kleinlaut muss ich mich fügen. Was ist eigentlich passiert? Warum ist Tante Sefa so wütend? Und warum hat Mutter auch ganz entschieden mit »Nein« dieses tolle Angebot abgelehnt? Ich verstehe die Welt nicht mehr.

Übrigens: Richtig schwimmen gelernt habe ich – allerdings aus anderen Gründen – mein Leben lang nicht.

NEUGIER

Als ich ungefähr elf Jahre alt war, musste ich immer, wenn ich zum Babysitten meiner Cousins wollte, eine mit Angst besetzte Wegstrecke passieren. Mindestens in zwei von drei Fällen kam dann eine Nachbarin aus dem Haus, um mit mir zu reden, das heißt, sie überquerte in dem Moment den Sandweg, an dem ich vorbeikam. Heute würde ich behaupten, dass sie das mit Absicht tat, denn sie konnte mich von ihrem Küchenfenster aus kommen sehen. Ihre Art, mich anzuschauen und auszufragen, war taktlos und manchmal sehr unverschämt, aber wie sollte ich mich ihr entziehen?

Diese Familie hat drei Kinder, Hans, der Jüngste, ist in meinem Schuljahr. In der Grundschule gibt es zwischen ihm und mir im dritten und vierten Schuljahr einen regelrechten Konkurrenzkampf: Wer ist am schnellsten im Rechnen, wer schreibt den besten Aufsatz, wer weiß am meisten – und so weiter. »Natürlich Hans!« So erzählt die Nachbarin es überall im Dorf, besonders beim Kaufmann. »Hans ist besser als Maria, aber die wird ja wohl von Fräulein Fortmann vorgezogen.«

Die Geschichte hat gezeigt, dass sie unrecht hatte, weil Hans mit der Mittleren Reife das Gymnasium verlassen musste, da hatten auch die Nachhilfestunden beim Hauptlehrer nichts genutzt.

Unbehelligt durch die Ressentiments seiner Mutter finde ich Hans toll, wenngleich er nicht hübsch ist. Aber das bin ich ja auch nicht. Vor allen Dingen meinen Kopf finde ich zu groß – im Vergleich zum Körper – und meine Zöpfe sind dünn und strapsig. Hans hat leicht rötliches Haar, große, blaue, etwas vorstehende Glubschaugen und ist ein drahtiger Typ. Auf dem Schulhof wird ständig die Frage erörtert: Wer ist in wen verliebt? Ich bin eindeutig in Hans verliebt. Weitere Auswirkungen außer Blickkontakt meinerseits gibt es aber nicht. Hans bleibt cool und distanziert.

Aber seine Mutter nervt mich ganz schön, wenn ich mit dem Rad vorbeiwill. Ich habe wirklich den Eindruck, dass sie mir regelrecht auflauert. Heute ruft sie schon von Weitem:

»Halt doch mal an, du kannst mir wohl eben noch was Neues erzählen!«

Ich steige ab.

»Na, wie wars in der Schule? Habt ihr eine Arbeit geschrieben? Nein, dann sicher eine wiederbekommen? Was? Nur eine Drei? Warst du zufrieden mit der Zensur? Ja, ein Befriedigend ist ja auch nicht besonders gut, Hans hatte in der letzten Rechenarbeit eine Zwei. Ja, er ist eben schlau! Na ja, die Nonnen haben sicher andere Lieblinge als euch Dorfkinder. Sind das vielleicht die Mädchen aus der Stadt Cloppenburg? Am Gymnasium, wo Hans ist, geht es gerechter zu.«

Ich höre schon nicht mehr hin. Die Litanei kenne ich. »Ich muss weiter«, stottere ich und steige schnell aufs Rad, »Tante Agnes wartet sicher schon.«

Warum habe ich ihr überhaupt von der Drei in Englisch erzählt! Eigene Dummheit! Aber immerhin bin ich noch dem Fragenblock über unsere Familie entkommen, der sonst oft folgt.

»Trinkt euer Job immer noch so viel? Ich habe ihn doch neulich schon nachmittags bei Pint einkehren sehen! Wenn eure Mutter keine Rente kriegen würde, könnte sie ihn sicher kaum bezahlen. Kommt ihr gut mit euren Nachbarn aus? Na ja,

Wilking und Große Kohorst sind doch große Bauern und ihr nur Pächter. Übrigens, ihr Mädchen hattet ja am Sonntag alle drei eine neue Strickjacke zur Kirche an, kam die von eurer Tante aus Münster? Ja, die soll wohl viel ranschleppen. Wie soll das auch sonst gehen – mit einem Verwalter, der trinkt, und drei Mädchen, die immer fein angezogen sein müssen, und du dazu noch besonders für die Schule in Cloppenburg. Dass eure Mutter sich das alles leisten kann. Da reden die Leute doch drüber …«

Diese Bemerkungen kenne ich zur Genüge. Die Leute, die Leute! Was sollen die Nachbarn, die Leute überhaupt wohl denken – über meine Kleidung, meine Frisur, über mein Verhalten in der Öffentlichkeit? Das höre ich sowieso zigmal am Tag zu Hause. Die soziale Kontrolle hat die Jeder-kennt-jeden-Welt voll im Griff.

DER ROTE FADEN

Der rote Faden

Hineingeworfen in die Welt
der tieffliegenden Jagdbomber,
schutzlos ausgeliefert, abhängig.
Muttermilch – ein wenig Zärtlichkeit.
Zukunft ohne Perspektive.

Vater, wo bist du?

Zerbrechliche Schiefertafeln
Erweiterung des Horizontes,
Höhenflüge, Tiefgänge, Tauchgänge.
Bereichernde WORT-BILD-Erfahrungen.
Identitätsfindung, Abgrenzung.

Vater, ich höre deine Stimme nicht.

Das stumme Vaterbild,
das schwarzweiße Foto an der Wand.
Das leuchtende Helle auf dem Lebensweg?

Weiter auf der Suche …

Vater …

April. Laues Frühlingswetter! Irmgard und ich spielen auf dem Hof. Es geht gegen Abend zu, eine Drossel singt und überall riecht es schon nach Frühling.

Menken-Schitt steht an der Straße und schaut sich um.

Heute bewegt er sich nicht vom Fleck. Er beobachtet wohl die Gestalt, die – schon von Weitem sichtbar – sich langsam entlang der Straße mit dem Fahrrad vorwärts bewegt. Es ist der alte Pfarrer, liebevoll ob seiner Körperfülle »Kugelotto« genannt.

Heute weiß ich sicher, dass auch Menken-Schitts Herz bei diesem Anblick gestockt haben muss. Wird der Pfarrer bei ihm einbiegen – oder bei einem seiner Nachbarn? Irmgard und ich sind jedenfalls ahnungslos und laufen dem alten Mann entgegen. Er steigt vom Fahrrad ab und scheint sich nur mühsam ein Lächeln abzuringen.

»Na, spielt ihr schon draußen?«

Wir wundern uns, ist er doch sonst so lustig und vergnügt. Kugelotto biegt in unsere Hofeinfahrt ein. Mit einem Auge kann ich noch wahrnehmen, dass Menken-Schitt sich abrupt umdreht und ins Haus einkehrt.

Die Dielentür steht offen. Mutter und Tante Agnes schrappen die letzten Runkelrüben ab, die schon zu faulen anfangen. Ich sehe Mutter noch vor mir, wie sie den Pastor erblickt. Das Schälmesser fällt ihr aus der Hand und sie hat große Mühe, vom Boden aufzustehen, auf dem sie gekniet hat. Die schreckliche Wahrheit, diese Grausamkeit mit all ihren nicht einschätzbaren Folgen, bricht urplötzlich über sie herein.

Irmgard und ich spüren, dass etwas Unfassbares passiert ist. Der wortlose Blick von Tante Agnes bedeutet: »Geht nach draußen. Ihr seid hier jetzt nicht erwünscht.« Wir flüchten. Aber unser Spiel können wir nicht wieder aufnehmen.

»Warum hat uns Kugelotto nichts mitgebracht?«, meint Irmgard. Sie wird im Sommer fünf. »Aber hast du auch gesehen, wie schmutzig sein Schlawittchen war? Das kommt wohl von der Zigarrenasche«, versucht sie intuitiv abzulenken.

Es dauert eine Zeit lang, bis Kugelotto wieder über die Diele stapft. Wortlos geht er an uns vorbei. Er ist wohl ganz in Gedanken. Irmgard und ich stürmen ins Wohnzimmer. Die dunkle Alltagsdecke, die wir am Nachmittag beim Spielen um den Tisch herum arglos in die Ecke geworfen haben, liegt noch dort. Mutter sitzt weinend am Ofen, im Sessel. Das ist sonst nie ihr Platz. Tante Agnes steht ratlos im Raum. Hedwig, noch nicht ganz zwei Jahre alt, ruft nach ihrer Mutter. Die aber rührt sich nicht. Seltsam! Das haben wir noch nie erlebt. Jetzt fängt Hedwig auch noch an zu weinen, schreit erbärmlich und versucht, auf Mutters Schoß zu klettern. Keine Reaktion.

»Mama, Hedwig will zu dir«, wage ich zu sagen, aber Mutter scheint weit weg zu sein. Die Beziehung zu dem Hilfe suchenden Kleinkind ist abgerissen.

»Papa kommt nicht wieder«, sagt Tante Agnes in diese kalte, unheimliche Atmosphäre hinein.

Wir Großen erfassen vielleicht einen kleinen Teil des Unheils und eine unendliche Trauer und Hoffnungslosigkeit breitet sich im Wohnzimmer aus. Jetzt hat Mutter Hedwig endlich an sich genommen, aber sie weint und schluchzt weiter. Wir stehen vor ihr und können nichts tun.

Auf einmal klopft es und unser Nachbar, Menken-Schitt, erscheint in der Tür. Wir erschrecken. Was will der denn jetzt? Er lässt die Tür offen stehen, schluckt und dann bricht es heraus:

Jesus!   Maria!   Josef!

Ich bin nun geschieden von euch, aber nicht aus eurem Herzen, darum vergeßt mich nicht und betet für mich.

Zum frommen Andenken
an den in Gott ruhenden

Heinrich Rechtien

Gefr. in einem Artillerie-Regiment.

Der liebe Gefallene wurde geboren am 16. 5. 1907 zu Grandorf bei Holdorf und starb den Heldentod im Februar 1945 in Stuhlweißenburg (Ungarn) durch einen Granatvolltreffer nach fast 6jähriger, glücklicher Ehe.

Gott, der Herr, möge ihm für seinen frühen Opfertod die Krone des ewigen Lebens schenken.

Gebet:

Allmächtiger Gott Du hast Deinen Diener Heinrich so früh aus dem Kreis seiner Lieben zu Dir gerufen. Wir beugen uns demütig Deinem unerforschlichen Ratschlusse und sprechen: „Herr, Dein Wille geschehe, wenn ich es auch nicht verstehe. Herr, Dein Wille geschehe, tut es auch noch so wehe." Nimm Deinen treuen Diener auf in Deine ewige Ruhe, daß er für die Seinen, die er so früh verlassen mußte, an Deinem göttlichen Gnadenthrone bete. Durch Jesus Christus, unsern Herrn. Amen.

Hermann Imsiecke, Cloppenburg.

Todesanzeige 1945

»Mia, du sollst dein Brot immer so bekommen, brauchst keine Lebensmittelkarten. Ihr sollt immer satt Brot haben. Und wenn du sonst Hilfe brauchst, ich komme!«

Dann ist er wieder verschwunden. Jetzt auf einmal wachsen ihm unsere Herzen zu. Wir spüren, unter der harten Schale ist ein weicher Kern. Und in Gedanken bin ich schon wieder beim nächsten Tag. Wird er jetzt nicht mehr schimpfen, wenn ich das Wasser an seinem Schleifstein verspritze?

Er hat Wort gehalten. Brot – auch ohne Lebensmittelkarten – stand immer auf dem Tisch. Die große Leere aber blieb.

Kugelotto sah ich nur noch einmal. Er saß, todkrank, im Sessel vor der Kirche, um sich von seiner Gemeinde zu verabschieden.

FRIEDEN

Und wie war das, als der Krieg endlich vorbei war?

Ich kann mich noch genau daran erinnern, als das Wort »Frieden« in meine Welt kam.

Mutter öffnet das Schlafzimmerfenster zum Garten und wir brechen unser Spiel ab, um zu hören, was sie uns sagen will.

»Jetzt ist endlich Frieden.«

Ich schaue Mutter erstaunt an und sie merkt wohl, dass diese für sie so bedeutsame Tatsache bei mir auf völliges Unverständnis trifft. Hat Irmgard das verstanden? Ich schaue meine Schwester an, aber die ist genauso sprachlos wie ich.

»Jetzt ist Hitlers Krieg zu Ende. Es ist endlich Frieden!«

Frieden? Frieden? Dieses Wort gibt es in meinem Wortschatz nicht. Warum freut sich Mutter?

»Ja, und?«, frage ich etwas hilflos.

Mutter erklärt: »Hört gut zu. Jetzt braucht ihr keine Angst mehr vor den Fliegern zu haben.«

»Es kommen keine Flieger mehr, keine Bomben?«, ruft Irmgard erfreut, denn das dumpfe, hohle Geräusch von nahenden Bomberstafetten hat unterschwellig unseren Alltag bis dahin bestimmt.

Endlich haben wir es verstanden. Wir müssen nicht mehr, wenn wir das Nahen eines Bombers hören, uns schnell flach auf die Erde legen oder uns im Straßengraben verstecken. Wir müssen nicht mehr abends das ganze Haus verdunkeln, damit die Bomber uns nicht entdecken.

Mutter hat das Fenster wieder geschlossen. »Frieden« heißt also das neue Wort. Ich wiederhole es und in mir keimt der Gedanke: Wenn der Krieg zu Ende ist, dann könnte Vater ja vielleicht doch noch wiederkommen? Könnte er nicht doch noch wiederkommen? Frieden und Vater: Die beiden Wörter scheinen bei mir zusammenzugehören. Eine unbändige Freude erfasst mich. Ich beginne zu laufen, springe und hüpfe ausgelassen über die Gartenwege und Beete und kann mich gar nicht beruhigen. Vergessen ist der schreckliche Tag, an dem die Todesnachricht kam. Vergessen auch der überaus traurige Tag, an dem die Totenmesse in der Pfarrkirche gelesen wurde: Wir Kinder waren nicht dabei, sondern mussten den Morgen bei unseren Nachbarn verbringen und warten, bis wir wieder abgeholt werden. Möllers sind sehr hilfsbereite Nachbarn, aber auch sehr sparsam und genügsam. Bei Möllers hat die Arbeit immer Vorrang – vor allen anderen Tätigkeiten. Wenn wir den Vormittag dort verbringen dürfen, dann heißt das nicht, dass sich jemand die Zeit nehmen wird, mit uns zu sprechen oder sich sogar mit uns zu beschäftigen. Jeder geht seiner normalen Arbeit nach.

In der Küche wollten wir nicht auf der Bank, die uns angeboten wird, sitzenbleiben. So haben wir uns dann in den Vorraum verkrochen und uns dort auf den Boden gehockt. Da ich die größte Heulsuse bin, hat man mir meinen Blechteller mit etwas Zucker drauf mitgegeben. Ich kann meine Lutschfinger hineinstippen und bin für eine kurze Zeit beruhigt. Wann ist die Zeit vorbei? Wann kommt Mama endlich?, denke ich unentwegt und rücke noch etwas näher an Irmgard heran. Wir sprechen aber nicht miteinander.

Als ich einmal anfange zu schluchzen, stößt Irmgard mich sofort an und legt den Finger an die Lippen. Ich reiße mich zusammen und kann auch aufhören zu weinen. Unsere Puppen haben wir nicht dabei und Möllers haben sowieso keine Spielsachen, weil alle sechs Kinder schon erwachsen sind. Ich schätze, dass wir mindestens zwei Stunden dort still in der Ecke verharren. Zum Mittagessen dürfen wir am Küchentisch Platz nehmen.

»Nun setzt euch mal auf die Bank. Es gibt Erbsengemüse und dann habe ich für euch noch extra einen Pudding gekocht«, sagt Margret, die jüngste Tochter, freundlich.

Wir sitzen stumm da und Irmgard sagt schließlich: »Wir mögen nichts!«

Irgendwie riecht der Erbseneintopf anders als zu Hause.

Den angebotenen Pudding probieren wir auch nicht. Wir kennen nur Vanille- und Wackelpudding. Aber genötigt werden wir nicht, die Erwachsenen unterhalten sich und lassen uns in Ruhe. Da geht endlich die Tür auf und Tante Agnes erscheint. Sofort springen wir auf, Tante Agnes bedankt sich kurz und schon sind wir zur Tür hinaus. Auch der Heimweg erfolgt schweigend.

Aber zurück zum ersten Friedenstag.

»Frieden! Frieden!«, ruft jetzt auch Irmgard.

Wir toben weiter.

Ein Gefühl von unbekannter Leichtigkeit und Freiheit macht sich breit. Da öffnet sich wieder das Fenster. Mutter schaut ernst auf uns herab und fragt: »Was macht ihr denn da? Ihr könnt doch nicht auf die Beete treten. Also, schämt euch! Hört sofort damit auf!«

Der Frieden hat eine schale Seite bekommen. Der Zauber ist verflogen. Ich sehe es an Mutters Miene. Vater wird nicht wiederkommen. Ich brauche erst gar nicht nachzufragen. Ich kenne seit einiger Zeit Mutters verschlossene und ernste Gesichtszüge.

Nur einmal noch blüht das Flämmchen der Hoffnung für einen kurzen Moment wieder auf …

Einige Jahre nach Kriegsende fliegt Bundeskanzler Adenauer nach Moskau, um deutsche Kriegsgefangene freizubekommen. Jeden Tag wird eine Liste der Heimkehrer in der Zeitung abgedruckt. Die Hoffnung stirbt zuletzt. Wird Vater nicht vielleicht doch noch dabei sein?

Wir Kinder sind älter und realistischer geworden. Und trotzdem! Vaters Platz im Elternschlafzimmer, der jetzt von Irmgard und Tante Agnes belegt ist, wird plötzlich in Gedanken an ihn zurückgegeben, anders angesehen. Es taucht die Frage auf: Wo sollen Irmgard und Tante Agnes schlafen, falls er doch noch … Und abends im Dunkeln spielen Irmgard und ich »Vater ist wieder da!«.

Wir suchen überall im Schlafzimmer und entdecken ihn dann mit großem Hallotria an dem ihm zugedachten Platz unter der Bettdecke. Ja, er ist da.

Die Tür geht auf.

»Was macht ihr denn für einen Krach! Im Dunkeln wird nicht mehr gespielt! Schnell ins Bett und dann wird geschlafen! Habt ihr überhaupt schon gebetet?«

Nein, das haben wir nicht. Vater kommt auch darin nicht vor.

MUTTER

Nach dem Krieg versuchten sich viele Mütter an einer Aufgabe, die *sie* unmöglich lösen konnten, nämlich Kinder allein oder, wenn sie Glück hatten, mit einem oder zwei Helfern großzuziehen.

Unsere Mutter lebte vor allen Dingen nur für uns – durch das Aufrechterhalten des Pachthofes. Deshalb aktivierte sie immer wieder ihren Überlebenswillen und ihr Durchhaltevermögen. Sie gab alles für die Versorgung der Familie mit Nahrung und Kleidung, das war Schwerstarbeit.

Wichtig war ihr aber auch die soziale Rolle als Witwe in der Öffentlichkeit. Am Sonntag nach dem Gottesdienst war es üblich, in Gruppen zu einem Smalltalk zusammenzustehen. Mutter wartete immer, bis jemand sie ansprach. Von sich aus ergriff sie nicht die Initiative. Bei dieser Kontaktaufnahme kamen auch wieder die Klassenunterschiede zum Tragen. Mutter selbst unterhielt sich vorwiegend mit zwei anderen Witwen. Waren diese nicht anwesend, oder sprach sie niemand an, so war Mutter sehr enttäuscht und später zu Hause auch nicht ansprechbar und sehr traurig. So berichtete mir die Tante Jahrzehnte später.

Es war Mutter wichtig, dass sie geachtet wurde – und war. Den Gottesdienst besuchte sie, so oft die Arbeit das zuließ. Den ersten Freitag im Monat, den Herz-Jesu-Freitag, versäumte sie nie. In meinen Tagebuchaufzeichnungen findet sich sehr oft die Notiz »Mutter ist zur Kirche«. Ob ihr der Besuch und damit das Gebet Erleichterung und Trost brachten, kann ich nicht sagen.

Maria Rechtien mit ihren Töchtern Irmgard, Hedwig und Maria

Moralische Unterstützung bei allem, was sie tat, bekam sie von der Verwandtschaft, also von ihren beiden Schwestern Agnes und Sefa sowie von Schwester Irenis aus dem Kloster in Münster und Tante Lisbeth, ebenfalls aus Münster, die zu den Hochfesten und in den Ferien im Sommer immer wieder bei uns nach dem Rechten schaute. Auf die Ratschläge dieser beiden Geschwister legte Mutter großen Wert, wenn es um Weichenstellungen in unserem Leben ging. Über Vaters Zeit zu Hause als Landwirt und später als Soldat wurde nicht gesprochen, wenn überhaupt, dann idealisiert, bis die Erinnerungen für mich völlig verschwanden. Somit schied er als Entscheidungs- und Erziehungsinstanz aus und wir wuchsen vaterlos auf.

Wir verehrten unsere Mutter und bemühten uns täglich, ihr keinen Kummer zu bereiten. Äußerst nervend waren immer die Eisenbahnfahrten, die wir zusammen unternahmen. Dann war Mutter sehr aufgeregt. In der Verhandlung am Fahrkartenschalter ging es immer um ermäßigte Karten für uns Kinder. Da Irmgard und ich sehr groß für unser Alter waren, wurde uns das tatsächliche Alter oft nicht abgenommen, was Mutter als einen persönlichen Affront ansah und in noch größere Aufregung stürzte. Saßen wir dann endlich im Zug, wurden immer wieder die Fahrkarten herausgeholt, um sich zu vergewissern, dass sie noch da waren, und um sie schnell für den Beamten, der die Fahrscheine kontrollierte, vorzeigen zu können.

Den Part des grundsätzlichen »Neinsagers« hatte bei uns Tante Sefa inne. Sie stellte jede Entscheidung erst mal in Frage mit der Zielrichtung: »Ihr müsst Mama fragen!«

Indirekt beeinflusste sie Mutters Entscheidungen aber dann mit entsprechender Mimik.

Einmal wurde ein Theaterabonnement für Schüler und Schülerinnen in Oldenburg angeboten, an dem alle Gymnasiasten teilnahmen. Es fuhr extra ein Bus, der auch bei uns hielt.

Tante Sefa war mit meiner Teilnahme nicht einverstanden, obwohl Mutter das Geld dafür lockergemacht hatte. Um mir die Schimpfkanonade beim Durchqueren der Küche, wo sich die Tante immer aufhielt, zu ersparen, stellte Mutter mir einen Stuhl unter das Kammerfenster und so konnte ich unbemerkt rausklettern.

Wegen des starken Regens an den Vortagen war der Gartenweg aber völlig aufgeweicht, sodass meine Schuhe den ganzen Morast abbekamen. Notdürftig konnte ich sie auf dem Rasen reinigen, schämte mich aber im Theater wegen der dreckigen Schuhe. Die Aufführungen im Theater Oldenburg, zum Beispiel Fidelio, waren für mich ein Hochgenuss, den ich mit niemandem teilen konnte.

Mein Verhältnis zu Mutter war von Vertrauen geprägt. Alles, was mit der Schule zusammenhing, akzeptierte sie und hinterfragte sie nicht.

Taschengeld bekam ich nicht, aber 20 bis 30 Pfennig konnte ich immer aus ihrem Portemonnaie nehmen, das war eine stillschweigende Übereinkunft. Manchmal gab sie mir auch eine D-Mark. Ich hatte beim Verbrauch dieses Geldes trotzdem ein schlechtes Gewissen. Meistens kaufte ich mir für den Rückweg entweder eine Banane oder eine Apfeltasche oder ein Stück Apfelkuchen. Damals wusste ich noch nicht, dass Bananen die Glückshormone aktivieren und das Pektin für eine Regulierung des Blutzuckers sorgt. Instinktiv das Richtige für den Körper nach dem anstrengenden Morgen mit sechs Stunden ohne Getränk – wie ungesund.

Ein Höhepunkt für Mutter war immer der Besuch des Schwagers, der Vater sehr ähnlich sah, des jüngeren Bruders von Vater, der den elterlichen Pachthof übernommen hatte.

Dann lachte Mutter, scherzte und war nicht wiederzuerkennen, weil sie auch entsprechend von ihrem Schwager hofiert wurde, was der meisterlich verstand. Ich hatte dabei einerseits immer ein etwas mulmiges Gefühl, habe mich aber andererseits auch gefreut, wenn Mutter in Hochstimmung war.

MUTTERTAG

In unserem Garten hatten wir zwei Sträucher, deren Duft ich besonders mochte: Flieder im Mai und Jasmin zu Fronleichnam für das Körbchen, das bei der Prozession zum Streuen vor dem Allerheiligsten, der Monstranz, mit Blüten gefüllt wurde.

An einem Sonntag im Mai sind wir mit Tante Agnes im Garten. Sie hat einen Fliederstrauß für die Vase im Wohnzimmer abgeschnitten. Sie hält ihn mir hin und meint:

»Hier, den kannst du wohl einmal Mama zum Muttertag schenken!«

Ich schaue sie völlig perplex an. Muttertag? Muttertag? Was soll das?, denke ich und will den Strauß schnell wieder zurückgeben. Sie nimmt ihn aber nicht an.

»Am Muttertag schenken die Kinder ihren Müttern Blumen«, erklärte Tante Agnes.

»Warum?« Ich überlege.

Wir schenken Mutter doch nie etwas. Eigenes Geld oder Taschengeld besitzen wir nicht. Zum Geburtstag oder eher zum Namenstag gratulieren wir ihr mit Handschlag und mit einem Knicks. Und jetzt soll ich ihr Blumen aus unserem *eigenen* Garten schenken, weil sie unsere Mutter ist? Aus unserem eigenen Garten?

»Ist das denn überhaupt ein Geschenk?«, frage ich erstaunt.

»Klar!«, meint Tante Agnes. »Sie freut sich bestimmt, wenn du an sie gedacht hast.«

An nur einem Tag an sie denken? Das kommt mir richtig absurd vor. Wir denken ständig an sie, denn wir werden immer ermahnt, lieb und artig zu sein, weil *sie* doch für alles die Verantwortung hat. All unsere Aktionen richten sich an ihr aus. Sie soll nicht traurig sein, weil wir Hedwig nicht zum Spielen mitnehmen wollen, weil wir den Tisch nicht decken, weil wir nicht pünktlich vom Spielen zu Hause sind.

Die gesamte Verwandtschaft erwartet von uns ein absolut tadelloses Verhalten, besonders Tante Sefa und Tante Lisbeth aus Münster. Da genügt ein strenger Blick beim Essen und der Teller wird doch leer gegessen, obwohl das Gemüse nicht besonders gut schmeckt oder angebrannt ist. Widerworte gibt es nicht. Anpassung und Gehorsam sind flächendeckend angesagt.

Ich will Irmgard schnell den Strauß in die Hand drücken, aber das klappt natürlich nicht. Die schüttelt vehement den Kopf. Was Irmgard nicht will, das passiert auch nicht, da ist sie stur und die Umgebung akzeptiert diese Haltung, immerhin. So begeben wir alle uns in die Küche, wo Mutter am Herd beschäftigt ist. Sie dreht sich zu uns um, als wir hereinkommen. Tante Agnes schiebt mich vor.

»Sag ›Herzlichen Glückwunsch!‹ …«, flüstert sie mir zu, was ich auch tue.

Mutter ist ganz verdutzt. »Mein Namenstag ist doch erst im September.«

»… zum Muttertag!«, flüstert Tante Agnes weiter und ich wiederhole den Nachsatz.

Jetzt hat Mutter die Situation begriffen. Sie zuckt zusammen, dreht sich langsam wieder zum Herd um, sagt erst einmal gar nichts und dann vernehmen wir nur ein unterdrücktes Schluchzen. Das ganze Leid der Welt hat sie wohl eingeholt.

»Kommt mit«, meint Tante Agnes seufzend, »wir suchen eine Vase und stellen den Flieder ins Wasser.«

Wir folgen ihr in die Waschküche, aber dann rennen wir – so schnell wir können – nach draußen. Der Muttertag ist wohl doch kein Tag zum Feiern für uns.

PULSFORT

Auf der Landstraße war nach dem Krieg nicht viel los. Autos, die bei uns vorbeikamen, gab es so gut wie keine. Pferdefuhrwerke konnte man auf dem Sandweg, der neben der Straße verlief, schnell ausmachen und einschätzen, wie weit sie entfernt waren.

Ein Fuhrwerk erwarteten wir drei in der Vorschulzeit immer mittags mit Spannung: die Rückkehr des Milchwagens. Morgens nimmt der Milchwagenfahrer die vollen Kannen mit und mittags bringt er die leeren zurück. Wir haben immer zwei blankgescheuerte Kannen mit der Nummer 78 an der Straße. Die stehen morgens pünktlich zum Abholen bereit, manchmal mit einem Zettel an den Kannen, wenn Butter oder Käse von der Molkerei benötigt wird. Diese Molkereiprodukte bringt Pulsfort, so heißt der freundliche Milchwagenfahrer mit Nachnamen, in einem Holzkasten auf dem Gummiwagen mittags mit zurück.

»Ihr könnt wohl gucken, ob Pulsfort schon zu sehen ist. Wir haben Butter bestellt. Die darf nicht zu lange in der prallen Sonne sein.«

So lautet heute die Aufforderung von Tante Sefa. Wenn niemand die Butter in Empfang nehmen kann, wird nämlich der Deckel einer Kanne umgedreht und dann die Butter hineingelegt.

Wir warten gerne auf Pulsfort. Jetzt sehen wir ihn schon bei unserem Nachbarn Möller halten. Und dann ist das Pferdegespann mit dem Milchwagen endlich bei uns angekommen.

»Prr!« – und die Pferde bleiben stehen.

Es sind zwei kräftige, schöne Gäule. Die Rasse kenne ich nicht. Unsere Pferde sind etwas größer und dunkler. Pulsfort springt vom Wagen, stellt schwungvoll die leeren Kannen an die Seite und zwinkert uns zu.

»Soso, das Dreimädelhaus. Hübsch seht ihr aus.«

Unsere Mutter hätte uns nie mit einer schmutzigen Schürze an die Straße gelassen.

»Wer bist du noch? Du bist doch die Irmgard? Nein?«

»Ich bin die Maria!«, antworte ich schnell.

»Dann bist du wohl die Hedwig?«

Meine Schwester nickt.

Heute ist Pulsfort besonders gut drauf! Er scherzt mit uns. Wir wissen, dass er unsere Vornamen eigentlich genau kennt. Er kennt mit Sicherheit die Vornamen aller Kinder aus unserem Dorf.

»Wer nimmt die Butter?«, fragt er auch dieses Mal.

Die Antwort kennen Irmgard und ich schon. Er gibt sie jedes Mal Hedwig, der Kleinsten. Wir bleiben noch etwas stehen, weil wir auf etwas warten. Und richtig!

»Wollt ihr noch die Pferde streicheln?«, fragt Pulsfort.

Irmgard und ich können nur nicken, gehen vor das Gespann und streicheln ganz vorsichtig die Nüstern der braven Pferde, die jeden Tag Schwerstarbeit leisten müssen. Das fühlt sich gut an. Am liebsten will ich gar nicht aufhören, denn unsere Pferde Lotte und Grete darf ich nie streicheln.

»So, jetzt muss ich aber weiter!«, sagt Pulsfort.

Er greift in seine Hosentasche und gibt jedem Kind noch ein Sahnebonbon. Während er sich wieder auf seinen Gummiwagen schwingt und mit »Hüh!« die Pferde antreibt, ruft er uns zu:

»Und sagt eurer Mutter einen schönen Gruß von mir! Ist ja 'ne fixe Frau! Nicht vergessen!«

Wir nicken und laufen beglückt mit der Butter ins Haus.

»Hat Pulsfort noch etwas gesagt?«, fragt Mutter.

»Ja, wir sollen dich grüßen«, antworte ich.

»Das sagt er wohl immer«, meint Tante Sefa etwas abfällig.

»Und Mama, du bist eine fixe Frau!«, ergänzt Hedwig.

Keine Reaktion der Erwachsenen. Oder haben sie sich doch kurz angeschaut und sich etwas ohne Worte mitgeteilt? Ein paar Tage später meint Mutter:

»Also, hört mal her! Ihr braucht nicht an der Straße auf den Milchwagen zu warten, sonst heißt es noch, ihr wartet auf Bonbons.«

Ich bin traurig. Ganz viel später erfahre ich, dass Pulsfort, der Witwer war, unserer Mutter einen Heiratsantrag gemacht hatte. Aber das Nachdenken darüber kam für sie nicht in Frage. Es wäre ihr wie ein Verrat an ihrem gefallenen Mann vorgekommen.

VATER

Ich habe schon so viele Episoden aus meinem Leben aufgearbeitet, aber das Thema Vater bin ich nie angegangen, obwohl es im Hintergrund immer präsent war.

Heinrich Rechtien. Passbild 1939

»Vater.«

Dieses Wort kommt mir selten über die Lippen, es sei denn, ich berichte über seinen Tod. Totes Inventar im Kopf? Unbeseelt, unbebildert, einfach nichtssagend? Das Schwarz-Weiß-Bild im Wohnzimmer ist ausdruckslos. Vater verzieht keine Miene, auch auf dem Hochzeitsfoto nicht. Diese starren Bilder begleiteten mich von Kindheit an. Ich nehme sie ohne Emotionen zur Kenntnis.

Aber nach Mutters Tod vor fast dreißig Jahren fand ich Vaters Briefe, die er vor der Hochzeit und in der Kriegszeit als Soldat nach Hause geschickt hat. Die Liebesbriefe, mit denen er sechs Jahre vor der Heirat begann, lassen bruchstückhaft Charakterzüge durchscheinen, die wohltuend einen neuen Blick auf ihn vermitteln.

Am Anfang der Beziehung gibt es viele Missverständnisse, in die auch die Familien der beiden mit einbezogen sind. Die Meinung der Angehörigen über eine mögliche Verbindung steht immer im Hintergrund, wird oft erwähnt.

Vater schreibt von einem Ereignis, an dem er sich »daneben« benommen habe. Daraufhin hat Mutter sich wohl zurückgezogen. Zwei Jahre lang bittet Vater um Verzeihung und geht auch mit sich selbst ehrlich ins Gericht. Der Grund war wohl, dass er Mutter näher kennenlernen wollte und nie mit ihr allein zusammen sein konnte. Vater lässt in seinem Werben nicht nach, immer in großer Achtung vor Mutter. Das hat mich sehr beeindruckt. Er gibt seinen Gefühlen eine Stimme, er verschweigt sie nicht. Wie es Vater gelang, Mutter umzustimmen und für sich zu gewinnen, ist aus den Briefen nicht zu entnehmen.

Der letzte Brief vor der Heirat ist von dem Bestreben, Mutter glücklich zu machen, eindrücklich geprägt. Es wird deutlich, dass Achtsamkeit und Sensibilität und eine Prise Humor zu Vaters Charakterzügen gehörten. Was mich aber am meisten erstaunt hat, ist die vertrauensvolle, totale Verankerung im Glauben. Jesus hat ihm den Weg gezeigt, so schreibt Vater, und er legt sein ganzes Leben, ihre gemeinsame Zukunft in seine Hände, damit sie beide glücklich werden können. Dieser Weg ist unabdingbar für ihn vorgezeichnet. Das ist sehr tröstlich zu lesen, ungewöhnlich für einen Mann mit diesen Wurzeln, so über seinen Glauben zu sprechen. Von dieser Offenheit und inneren Mitte war bei Mutter zeitlebens nichts zu spüren. Sie machte alles nur mit sich selbst aus und verlor darüber kein Wort.

Bis auf den letzten Brief, den ich auch in meinem ersten Buch erwähne, habe ich alle Briefe aus dem Krieg nur einmal, ja, nur ein einziges Mal gelesen. Irgendwie konnte ich mich damit nicht befassen und dem nachspüren, was Vater durchleben musste. Ich hatte Angst vor möglichen Assoziationen und Bildern, die beim Lesen entstehen würden. Kriegsfilme oder Dokumentationen über den Zweiten Weltkrieg schaue ich mir deshalb nie an.

Eine schwerwiegende Frage steht dennoch immer im Vordergrund. War Vater in der Partei? Bevor er eingezogen wurde nicht. Später ja. Da er während der Kriegszeit nie befördert wurde, sondern immer in seinem Artillerie-Regiment blieb, nehme ich an, dass er sich auch nicht hervorgetan hat. In einem der letzten Briefe schreibt er, dass das gesamte Regiment fast aufgerieben ist, der Kommandant sie aber immer weiter nach Osten treibt. Es findet sich auch kein Hinweis auf nationalsozialistisches oder rassistisches Denken in seinen Briefen. Vater ist in Gedanken immer nur bei der landwirtschaftlichen Arbeit und um das Wohl seiner Familie besorgt.

Die Gefühle, die mich im Kindesalter begleiteten, waren gekennzeichnet durch eine große Sehnsucht nach einem möglichen Kontakt oder besser einem Dialog mit ganz viel

Zuwendung, mit herzlicher Zuwendung: die Wahrnehmung meiner Person unabhängig von meinen Schwestern, obwohl Mutter immer alles gegeben hat. Sie hat mich auch ohne Worte verstanden, besonders in der Schulzeit.

Einmal hatte ich einen Traum: Ich sollte meinen Vater treffen. Er war zurück, meine Schwestern waren schon bei ihm und ich war in großer Vorfreude, ihn auch endlich wiederzusehen. Die Begegnung fand in einem Lokal statt. Ich konnte ihn aber nicht als meinen Vater erkennen, obwohl der Mann, der am Tresen saß, ihm sehr ähnlich sah. Die Begegnung endete damit, dass der angebliche Vater mit einem Freund weiterzog. Mutter kam explizit in diesem Traum nicht vor.

Wie hätte ich ihn mir denn gewünscht? Das habe ich mich oft gefragt.

Im Vorschulalter hätte ich gerne jemanden gehabt, der mich auf den Schoß genommen, mich geschaukelt und mich, die Pechmarie, getröstet hätte. Im Alltag fehlte bei uns im Umgang mit den Tanten und Mutter Berührung und Zärtlichkeit. Hätte mein Vater das geleistet, war das typisch für einen Familienvater in der damaligen Zeit? Nein, das war nicht üblich. In meiner Erinnerung bin ich immer zu groß für irgendwen oder irgendwas. Meine jüngere Schwester stand im Vordergrund, weil sie unterernährt war und entsprechend von Tante Sefa verwöhnt wurde. Vom Alter und von den Anforderungen her wurde ich immer mit Irmgard auf dieselbe Stufe gestellt. So feierten wir auch zusammen die Erstkommunion. Im Grundschulalter holte ich mir die Anerkennung über die schulische Leistung. Vater hätte sich sicher auch darüber gefreut und in meine Hefte geschaut. Ich bin mir sicher, dass er auch die sehr guten Leistungen meiner Schwester kanalisiert hätte, unabhängig davon, wie der Hof weitergeführt werden würde. Vielleicht hätten wir dann gemeinsam die Liebfrauenschule besucht. Wenn Vater dagewesen wäre, hätten meine Eltern sicher auch zwei Mal die Schulkosten – für die Privatschule, dreißig Mark im Monat – abzweigen können, denn es brauchte ja kein Lohn an einen Verwalter gezahlt zu werden.

Der ganze Ärger mit unserem landwirtschaftlichen Gehilfen wäre entfallen und meine ältere Schwester hätte vielleicht einen ganz anderen Beruf ergreifen können. Ihr Leben hätte einen ganz anderen Verlauf nehmen können. Ich hätte es ihr so sehr gewünscht. Ob Vaters potentielle Rückkehr an dem Leben meiner jüngeren Schwester etwas geändert hätte, wage ich nicht zu vermuten. Auf jeden Fall hätte Tante Sefa sie nicht verwöhnen können. Wahrscheinlich hätte die Tante eine Stelle in einem anderen Haushalt annehmen müssen.

So könnte es noch lange mit den Wenns und Danns weitergehen.

»Vater.«

Ich habe im Gegensatz zu meiner älteren Schwester keinerlei Erinnerung an ihn, weil ich noch keine drei Jahre alt war, als er eingezogen wurde. Wenn man seinen Vater nicht gekannt hat, kann man auch keinerlei Beziehung zu ihm aufbauen. Wurde die Erinnerung an ihn nicht wach gehalten? Ja, aber nur im Zusammenhang mit Trauer und Leid. Als Kind musste ich bei manchen Familienfeiern – wie zum Beispiel der Erstkommunion – immer wieder feststellen, dass die Erinnerung an Vater im Familienkreis mit Schweigen und Tränen verbunden war. Das konnte ich damals nicht nachvollziehen, wollte ich nicht immer wieder erleben, weil es schmerzte, die Mutter leiden zu sehen. Ich hatte dann immer das Gefühl, auch irgendwie an der Misere schuld zu sein.

Also denke ich nicht an ihn und bete auch nicht für ihn. Im Alltagsleben kommt er praktisch nicht vor. Ich sehe das Schwarz-Weiß-Foto an der Wohnzimmerwand, aber es spricht nicht zu mir. Warum hat Mutter eine kleine Vase darunter angebracht, die sie immer mit frischen Blumen füllt? Er ist doch tot – oder nicht für sie? Das habe ich als Kind oft gedacht, aber nie laut geäußert.

Es gibt kein Grab in Stuhlweißenburg in Ungarn, wo er gefallen ist, sechs Wochen vor der Kapitulation Deutschlands. Immerhin ist seit einigen Jahren in einer größeren Stadt dort in der Nähe auf einer Stele sein Name zu lesen. Das haben mein Mann und ich über die Kriegsgräberfürsorge erreicht.

Während ich nach so vielen Jahren all diese Erinnerungen aufschreibe, denke ich daran, dass unten im Keller noch ein vergilbtes Arbeitshemd von Vater hängt. Mutter hatte es aufgehoben und ich habe es nach ihrem Tod an mich genommen. Wenn ich die Sommergarderobe nach oben hole, werde ich es sicher noch einmal in die Hand nehmen.

NACHWORT

In der Kindheit und Jugend habe ich oft erlebt, dass ich als vaterloses Kind zum Opfer abgestempelt wurde. Diese Rolle hat mir nicht behagt, mich oft behindert und blockiert.

Die grundlegenden Gedankengänge, die ich mir immer wieder bewusst machen musste, waren: Es darf mich nicht tangieren, was andere über mich denken oder auch sagen, auch wenn ich so sozialisiert bin. Ich will mich nicht in meinen Gedanken und Gefühlen von anderen beherrschen lassen, denn *ich* kann den Gefühlen und Fähigkeiten vertrauen, mit denen *ich* ausgestattet bin.

Ich selbst kann andere kaum beeinflussen. Die Änderung beginnt immer bei mir selbst, mit meiner Einstellung gegenüber anderen.

Darum wünsche ich meinen Lesern einen achtsamen Blick auf sich selbst und das Leben überhaupt.

Registrieren Sie die dunklen Momente, aber lassen Sie sich auch berühren von der Schönheit, die allem Lebendigen durch das Licht zukommt.

Dieses Buch wäre nicht erschienen ohne den Zuspruch und die Unterstützung meines Sohnes Andreas, der mit mir den Weg in meine Kindheit gegangen ist und mich als Coach und Lektor so fachkundig und einfühlsam begleitet und beraten hat. Ihm gilt mein besonderer Dank.

QUELLEN

Conrady, Karl Otto, Das große deutsche Gedichtbuch. Königstein/Ts 1978.

Eckhardt, Albrecht / Schmidt, Heinrich, Geschichte des Landes Oldenburg, Oldenburg 1985.

Kautz, Heinrich, Kommunionkind, Donauwörth, o. J.

Robben, Bernd / Lensing, Helmut, »Wenn der Bauer pfeift, dann müssen die Heuerleute kommen!« Betrachtungen und Forschungen zum Heuerlingswesen in Nordwestdeutschland, Haselünne 2001.

Schwerter, Alfons, Über die Landwirtschaft im Oldenburger Münsterland im 19.Jahrhundert, Lohne 2002.

1889–1989, 100 Jahre St. Franziskus in Elsten, Festschrift und Familienchronik.

Dorfgemeinschaft Elsten-Warnstedt, Chronik der Dorfgemeinschaft Elsten-Warnstedt im Jahre 2000.

Dorfgemeinschaft Elsten-Warnstedt, 800 Jahre Chronik der Dorfgemeinschaft Elsten-Warnstedt 1217–2017.

Kleiner Katholischer Katechismus, Münster 1929.

Kleine Katholische Schulbibel, Münster 1946.